「ご主人様は、
カレーって好きー？」

「ご主人様には、
ここで倒れてもらいます！」

世間知らずな同級生を、飼うことになりまして。

毎日俺になでなでを強要してきます

四条彼方

ファンタジア文庫

3245

口絵・本文イラスト　雪丸ぬん

世間知らずな同級生を、飼うことになりまして。

毎日俺になでなでを
強要してきます

A beautiful girl with
dog ears in my class liked me

INDEX

世間知らずな同級生を、飼うことになりまして。

A beautiful girl with dog ears
in my class liked me

1　終業式と、夏休みのはじまり

半焦げのトーストがしゃかっと出てきた。

キッチンで皿に盛りつける。二人暮らししてる姉の分と俺の分。

これで食器は、最後の2枚だった。コップの残りも心もとない。洗われ待ちの食器がごちゃごちゃと溜《た》まっていて、俺はシンクを見たくなかった。

「さて、と。ひじ姉《ねえ》を呼びに行こう……」

リビングの床に落ちっぱなしな大量の漫画本や、適当に放り出されたバランスボールなんかを避けながら進んでいく。

ひじ姉の部屋のとびらを、俺はノックした。

「もしもし。朝ごはん出来たけど」

「……おー」

割とすぐにひじ姉が出てきた――上下の柄がぜんぜん違う下着姿で。

大きな胸の上に汗が浮いている。学生時代は同性にもモテたというワイルド美人なその顔は、疲れきってるようだった。

「相変わらず下着姿だし。いくらなんでも、だらしなくない？」

「しゃーないじゃん。夜、蒸し暑かったんだよ……液タブが熱持っちゃってさぁ」

ひじ姉こと、黒澤聖《くろさわひじり》は漫画家だ。若くして月間連載を2本持ち、片方は大学生時代にアニメ化までしている。

このマンションに住めてるのも、地方から出てきた俺が都会の学校に通えてるのも、すべては特別な才を持つ姉のおかげだった。

だから、フツーの高校生である俺はできる範囲で「最低限の家事」をやることにしてるんだ。

「んで、今日の朝飯はっと……あ？　またこれ⁉」

食卓に着くなりひじ姉は、けだるげな顔を不満の色に染めた。

「え、なに、いつもと変わらないじゃん。普通にトースト焼いたんだけど？」

「いくらなんでも代わり映えしねーよ。記録更新おめでとう、ユキ。食パンだけの朝飯は、これで2週間連続だぜ……記念のメダル、やるよ」

ひじ姉はパンの耳を外すと、それを潰してちいさな円形を作った。パンメダルだ。渡されても嬉《うれ》しくない。俺は手のひらで授与を拒否した。

「こら。食べ物で遊ぶのはよくないな」

「はいはい、ご説教どうも……はぁ、母さんの朝ごはんが恋しいぜ」

「まぁ、俺ら任せきりだったもんな。手伝いなんかロクにしてなかったし」

「それな。そのせいで、こうして家事のできない姉弟《きょうだい》が育ったわけだが……」

パンメダルを食べるひじ姉が溜息《ためいき》をついた。続けて、ふぁーふ、と人目を憚《はばか》らないあくび。よく見たら目の下のクマも濃くなってる。

「あれ、また寝てないの？　締め切りが近いんだっけ」

「そうだよ。ここの高《たけ》ぇ家賃払うために原稿がんばってんだよ……姉ちゃんの癒やしのためにも、居候《いそうろう》としてマシな朝食作ってくれ！」

「俺は素のトーストで満足なんだけどなぁ……まぁ、明日《あした》から夏休みで時間もあるし？　努力はしてみる可能性がある」

「おお、言ったな？　やるんだな？」

「うん。家事が不得意な男子高校生にできる範囲で、だけど」

「それでいいよ。期待してるぜ、ユキ。なるべく豪華なので頼むわ」

ひじ姉の声が嬉しそうだった。明日からはトーストの上にハムとチーズも載せてあげよう。豪華だなぁ（当社比）。

◆

期末テストの結果と通知表がいっぺんに返ってきた。

終業式が終わって、みんな浮かれモードだ。一応まだ授業中だっていうのに、私語が多い。立ち歩いてる生徒すらいる。時間が余ってるのか、やる気が無いのか、年配教師も注意することはなかった。

そう、明日からは夏休みなんだ。俺だってテンションは高い。

なんとなく、隣の席の女子に声をかける。

「嶋《しま》さん、テストの結果どうだった？」

こちらに顔を向けた隣の席の嶋寧々花《ねねか》さんも、やっぱり嬉しそうだった。

「あっはは、聞きたい？」

「うん。その様子だと、点数良《い》いカンジなんだな」

メッシュの入った髪の毛先をいじりながら、嶋さんはにやにやしていた。

「や、そこまで良くはないけどね、赤点は回避した！　いやぁ今回けっこうヤバヤバだったんだけど、こないだの勉強会は友達みんなで頑張ったしな～」

　ギャルっぽい女子は腕を組んでうんうん頷《うなず》く。豊かな胸が強調されたけれど、俺は目をそらした。凝視はしない、当たり前の話。

「雪人《ゆきと》はー？　テストどうだったん？」

「俺はまぁ、悪くないかな。全体的に平均よりちょい上くらい」

「あーね。わかるー。そういうイメージあるもん」

「えっ……もうちょっと具体的に言ってよ。どういうイメージなの、それ」

「や、なんかー……それこそ、普通ぐらいに良い、みたいな？　あ、これちゃんと褒めてるからね⁉」

「ああうん。分かってる、褒め言葉として受け取っとくよ。むしろ嬉しいわ、ありがとな嶋さん！」

「あはは、リアクション過剰すぎー」

　冗談で返してると思われたけど、俺はそれなりに真剣だった。

　普通でいいんだ。

　俺はひじ姉みたいに、特別なナニカを持っているわけじゃないから。

　そう、それこそ――俺の後ろの席に座ってる娘《こ》のように、特別な存在でもない。

「アリサはどうだった？」

隣の席の嶋さんがふりかえって声を掛けた。話を振られた佐中《さなか》アリサさんは、退屈そうに頬杖《ほおづえ》をついてる。

「──わたしがなに？　あ、期末のこと？」

佐中さんは、このクラスの盛り上がりには興味がないようだった。喜びも落ち込みも見せず、その整った顔は平然としている。

父親が米国人という彼女のその相貌は、視界に入れるたびに造形の完璧さを主張してきた。感性に直接訴えてくるような、特別さがある。「可愛《かわい》い系の顔立ち」を紹介する本があったとして、その最たる例として出てきても驚かないと思う。

ナチュラルな色の茶髪はきれいに流れている。彼女の手の甲にも何束か乗っかっていた。退屈そうにこちらを見る佐中さん。綺麗《きれい》な目鼻立ちは、しっかりと存在を主張しながらも、どこか遠くにいる印象を受けた。

そう、まさに高嶺《たかね》の花──実際に校内では有名人だ。学園のアイドルと言ってもいい。親がなにやら有名な映画監督ということもあり、彼女の知名度は高いようだった。

「そう、期末の点数。佐中さんはどれくらいだった？」

俺は緊張を隠しながら、何気なく言った。

すると、佐中さんは退屈そうに返してくれる。

「わたしの成績？　そんなの、掲示板の学年順位で見てくれればいいよ。上から三番目以内には居るはずだから」

乾き気味の笑い。へへーん、という擬音でも鳴ってそうな表情だった。

佐中さんは基本的に、だれに対してもこういう感じだ。才女のオーラ。強者のかおり。普通の男子なんかは、とても声を掛けにくい存在だった。

しかし、クラスの女子はそう感じてないらしい。

「～っ！　いいね、その表情。たまんないな～っ」

嶋さんは座席から腰を浮かせると、佐中さんのちいさい頭部に腕を伸ばした。

「なんちゅう芸術てきなドヤ顔だ！　アリサはカワイイねぇ、すごいねぇ、よしよししてあげる！」

「わわわっ……か、簡単に頭を撫《な》でないでもらえるかな⁉　そういう扱いは好みじゃないの！」

「えーなになに？　どーゆー扱いだ？」

「だ、だからその、子ども扱いみたいなー……いいから、もう」

佐中さんが少しだけ照れながら、嶋さんの腕を遠慮がちに払った。

佐中さんは学園のアイドルのようで、たしかに高嶺の花だけど……なぜか女子陣からは、クラスのマスコット的な扱いを受けている。

遠巻きに愛《め》でる対象、みたいな？　こないだも、クラスの女子に「餌付け」と称して手作りお菓子をもらってたっけ。

とにかく、そういうことだ。彼女は色々な意味で『特別な存在』で──

だから俺は、佐中さんの事がそこまで得意じゃなかった。

近くの席だから、軽く喋《しゃべ》りはするんだけどさ。もちろん世間話をする程度の仲だよ。

とりあえず流れで、別の話題を振ることにした。

「もうすぐ夏休みなのに、佐中さんはけっこう落ち着いてるな」

「そう？」

「うん。子どもっぽい扱いなんて気にしなくていいでしょ。むしろ大人っぽいしな」

「ふふ、ありがとう。でもね、内心ではけっこー浮足立ってるよわたし。今年の夏は特にねっ」

ふだんは退屈そうにしてる彼女の、弾むような声。トーンも一段あがってる。なんだなんだ、理由が気になるな？

「え、夏休み中に良いことでもあるの」

「うん。撮影に行ってたパパがね、久しぶりに日本に帰ってくるんだっ」

「ああ、映画監督の？　やっぱトップクリエイターって忙しいんだなぁ」

「そうなの。多忙でね、世界中を飛び回ってて。でも、今年の夏は家に居るっていうから、たまにはしっかり家族サービスしてもらおうかなぁって画策してるんだ。えへへ」

「へえ」

珍しい。佐中さんの表情が、とびきり明るくなってる。光っていた。もはや眩《まぶ》しい。

相槌《あいづち》で流した俺だけど、不覚にも、その輝かしい笑顔にときめくところだった。危ないな……こんな特別な娘に『特別な感情』を持ったって良いことない。経験上の話。

「それはよかったねぇ。あ、そうそうアリサ、夏休みなんだけどー」

いつの間にか彼女の横にイスを移動させてた嶋さんが言った。

「ウチらとさ、軽く海行かない？　あ、男子禁制で、女子何人かで行こうかって話になってるんだけど、よかったら――」

「ごめんなさい。今年の夏はなるべくフリーにしておきたいの。たまにしか遊べないパパの予定に合わせたくて……」

「あ～……そうなんだ？　それは、すっごく残念。でも仕方ないね。せっかくの機会だから、楽しんで！」

距離を離しながらも、嶋さんはからっと笑った。断った相手が気にしないように、だろう。佐中さんの方も申し訳無さそうにしている。

「本当にごめんなさい。その、嶋さんも楽しんでね……」

そんな感じで会話は終わった。ふんわりとした不安定な着地。

それもそうだ、俺たちは席が近いだけだった。

なんとなく、授業が終わるまでの時間を埋めるために喋ってただけなんだ。トクベツ仲がいいわけじゃない。

俺はまた、近くの席の男友達に声をかける。放課後どこ行く？　ってな具合に。

そんな夏休み前の、ふわふわとしたクラスルーム。窓から差し込む日の光が、なにかに反射して眩しかった。

佐中さんのように光っていようが、俺のように鈍っていようが、時は進む。黙っていても長期休みはやってくる。

それなら俺は、俺なりの夏休みを過ごすだけだ。

通信簿に並ぶ3とか4を眺めながら、そう思った。

◆

なのに――夏休みに入って早々、あんな出会いが起きるなんて。
このときの俺には、知る由《よし》もなかったんだ。

◆

「ユキ。あんたを殺す」

「ええええ？」

いきなり殺害予告をされたのは、夏休みに入ってから3日目の朝だった。

食卓に現れたひじ姉は確認するまでもなく苛々《いらいら》してる。口の端がぴくついていた。

「な、なんなのさ急に。穏やかじゃないな……え、なに、カルシウム不足だったりする？　牛乳でもつごうか？　たしか賞味期限切れてるけど」

「んなモン飲ませようとするな。つうか捨てろ！　火に油、聖《ひじり》にまずい牛乳とはよく言ったもんだな⁉」

「過去のだれも言ってないと思うよ、そんなこと」

俺のツッコミには取り合わず、ひじ姉は不満たっぷりに椅子へと腰掛ける。勢いよく座ったものだから、ぎぃぃっと、フローリングと椅子脚が擦れた。

「私が文句つけたいのは、飲み物じゃなくて飯のほうだよ。作る時間あるんじゃなかったの？　夏休みに入ってからもずっとパン・パン・パン！　パン祭りだ‼」

「え……そこまで激しく言う？　ひじ姉の希望に添って、ちゃんと豪華にしてるのにな」

俺は要望どおり、２枚のパンのうち１枚には、ハムとチーズを載せている。

姉がそういう気分じゃなかった時用に、片方のパンには何も塗らないままだった。これまで黒澤家にはジャムしかなかったんだけど、夏休みに入ってからはバターのみならず、チョコレートや海苔《のり》を買うほどの工夫っぷりだ。

「なにがそんなに不満なの。俺だって、渡された食費の中から苦労してやり繰りしてるのに」

「そうなんだろうけど……飽きるわ、いくらなんでも。美味《おい》しくはあるが」

「ああうん、飽きが来たのは俺もわかるよ。でも安くて手軽だからなぁ……」

俺たちは家事ができない。とくに料理がてんで駄目だった。それで、昼と夜はコンビニ弁当か出前で済ませる。姉が手隙なときは外食へ——そんなケースがほとんどだった。

朝食くらいは出費を抑えた方がいいと、俺は判断している。都会は家賃も高い。いくら「やや売れ漫画家」のひじ姉とはいえ、節約の重要性は分かってるはずだ。

「にしたって限度があるぜ。現状の家事担当として、家主の不満をどうにかして欲しいも

んだ。ユキあんた、夏休みヒマしてんだよな？」

「い、いや……それはどうだろう。俺だって、宿題とゲームと夜更《よふ》かしと、友達と遊ぶので忙しいし？」

「おー、よしわかった暇だな。じゃあホラ、これやるよ」

食卓脇に放置してた財布から、ひじ姉は五千円札を取り出した。ぴっ、と俺のほうに差し向ける。バイトもしてない高校生の身からすれば、それなりに大金だった。

「きゅ、急にお小遣いくれるじゃん。さっきからすごく嫌な予感してんだけど……？」

「その予感、たぶん当たりな。この金で、初心者のための料理本でも買ってきて」

「えぇぇぇ……？」

「ああ、お釣りは全額やるよ」

「いぇぇぇい！　……しまった、乗せられた」

目先の金銭につられてしまった。勢いでつい命令を引き受けてしまった。貧乏ってつらいね。

こうして俺はやむを得ず、料理研究家への道を歩むことになったんだ――

いや、そこまで本気じゃないけどさ。あくまで俺は、俺なりの夏休みを過ごしたい。そのジャマにならない程度の熱量だよ。

ベランダの方にぼんやりと目を向ける。閉めっぱなしになってる半透明のレースカーテン。その向こうでは、小雨《こさめ》がぱらぱらと降っていた。

「んー。本屋は午後から行くよ」

「いや、思い立ったが吉日だって言うぜ。午前中に行ったらどうよ」

「起きたばっかでめんどくさいし……夏休み中くらい、午前はダラダラしたいな」

「あっそ。午後からは土砂降りになるらしいけど。まぁいいんじゃない？」

◆

13時35分、住宅街の遠く向こうで雷が鳴っていた。

「午前中に出掛けとけばよかった……！」

途轍《とてつ》もない量の雨粒が、本屋帰りの俺を襲っている。風なんかもう、仰々しいほどに吹き荒れていた。え、俺が知らないあいだに大雨警報でも来てた？

「どうしてこんなことに……！」

ひとっこひとりいない帰り道を走りながら嘆いた。傘を打つ大量の雨滴は、そんな声すらも掻《か》き消そうとしている。

びゅうううううう

「ああっ、傘が！」

握力による抵抗もむなしく、突風にさらわれて空の彼方《かなた》へと飛んでいった。

天と俺を遮るものは、最早《もはや》ない。冷たいなぁ、プール前のシャワーみたいだ。夏って感じがするな……現実逃避してる場合か⁉

「せ、せめて、『だれでも簡単！　手抜きで作れるおいしい朝食100』だけは死守しないと」

左手に抱えていた本屋の紙袋を、腹部で抱きかかえるようにする。貴重な夏休みを費やしてまで買ったのに、やすやすと濡《ぬ》れさせてたまるか……！

ここから黒澤家（ひじ姉マンション）までは、走って6分というところだ。

この降り具合だと、辿《たど》り着く頃にはもう濡れ鼠《ねずみ》だろう。

「くっ……雨宿りだ。一時退避！」

雷雨の勢いが落ちるまで、俺はどこかで待つことにした。

しかしどこで？

店の中。たとえばあのコンビニ――はだめだな。常識的に考えて、濡れまくりの男子高校生が長時間居座るのはどうだろう？　店員のひとに迷惑な目で見られそうだった。

そして俺は思いつく。ここからすぐ近くにある、大きな橋の下はどうだろう？　河川敷《かせんじき》になっているし、一時の避難場所としては丁度いいだろう。

そうと決まったら、すぐにでも移動しよう。

俺は被害を最小にするべく、その橋の下へと急いだ——


そして意外な先客と顔を合わせることになった。

「え……もしかして、佐中さん？」

才色兼備で容姿端麗なクラスメイト。佐中アリサさんが濡れきった状態でいた。

「あ、黒澤くんだ。あはは、3日ぶりだねー……」

どしゃ降りな雨の中でもしっかりと通る澄んだ声は、しかし、そのまま近くの荒れた川へと沈んでくみたいだった。

ずぶ濡れの彼女がいたのは、大橋の下の暗がりの、さらにその端。コンクリートにも舗装されていない草の上。

それも、ダンボールの中にしゃがみ込んでいるのだった。その箱に書かれている文字列は——『拾ってください』？

「あぁうん、終業式の日ぶりだな……ところで、えぇっと、佐中さんは何してんの？」

「……家出、かな。うん……そう、家出！　絶賛《ぜっさん》逃避中なんだー、わたし」

優等生な彼女から出てくる言葉とは思えず、自分の耳を疑った。

「えっ、なんでまた……その、意外だな」

「でしょ？　わたしもわたしに驚いてるや。こんなふうに怒れちゃうんだなぁって。朝、勢いのまま、傘も持たずに飛び出してきちゃったよ。あははー……」

自嘲めいた笑み。佐中さんは、透き通るような白い頬を、恥ずかしそうに掻いている。ぽたぽたと垂れ落ちる水滴。爪の先まで濡れているようだった。

「その濡れ具合だと、ここにたどり着いたのは直近？」

「そうだね。朝から家を出て、テキトーにふらふらしてたんだけど——こんなに急にピカーンっゴロゴロ〜されちゃったらね。一箇所に避難するしかないもの」

佐中さんの細い指先が、ぴっ、と暗雲へと向けられた。遠くの方でまた光る。それから雷鳴。なるほど、ピカーンゴロゴロだ。

優等生な彼女からすれば、ちょっと表現が幼い気もするけれど。

「ねね、黒澤くんはお買い物がえり？」

体育座りのままの佐中さんが、頬を二の腕に当てるように傾けて質問した。

「そう、本を買いに行ってた。でも、傘が飛ばされちゃってさ。服だけじゃなく本まで濡れたら出かけ損だと思って、避難してきたんだ」

「そっかー。お互いに災難だねー……あ、いや、わたしの家出は自業自得《じごうじとく》か……んん、自業自得？　いやいや違うよね、これはパパが悪いんだもの……」

佐中さんが口元に指先を当てて、なにやら文句を唱えていた。

例の映画監督の父親さんと、何かあったんだろうか。下世話な興味だけど、すこし気になるな。彼女の雰囲気が学校とは違うことも、なにか関係があるのかもしれない。

けど、それと同じくらい俺が気になってるのは——

「ねえ佐中さん。そのダンボールは何なんだ？」

「へ？」

「太いマジックペンで『拾ってください』って書いてあるけど……まさか、家出したからコレ持って歩いてたの？」

「わ、わーっ、違うよっ。そんな事はしてないからね！　これは、元々ここに置いてあったの！」

ぱしぱしと箱の側面を叩《たた》きながら、彼女は慌てたように弁解した。

「わたし、朝から彷徨《さまよ》ってたから、足が疲れちゃって……休むための敷物《しきもの》にしてただけ！」

「ふぅん、なるほど。誰かがここにペットでも捨ててたのか？　中に居なかったってことは、誰かに拾われた……のかも」

「あ……えっと、そうだといいね。きっとそうだよ、優しい人がいたんだよ」

「な」

嫌な可能性の方は佐中さんも想像したんだろうけど、お互い口にはしなかった。

「…………」

気まずくなってきたな。俺は本を買いに行っただけなんだ。佐中さんのように、思い切って家出してきたわけでもない。フツーとトクベツ。いつだって思い知らされる。

雨、いつ頃弱まるんだろうなあ。

「——あ。でもわたし、黒澤くんなら拾われてもいいかもしれない」

「えっ……!?　な、なんだよ急に——」

とんでもないことを言い出したから、思わず彼女の表情を確認した。冗談言ってるふうでもない。その異国を感じさせる端整な顔立ちは、真剣そのものだ。

しかし俺が驚いた顔で見てるのに気づくと、彼女は慌てたようにはたはたと手を振る。

「あ、仮にね、仮の話！　このまま本当にだれかに拾われるとして——クラスメイトの黒澤くんになら、いいかなぁって思っただけ。近くの席だものね」

「そ、そうなんだ。え、俺はどういう反応を返したらいいの。ようし、このまま拾ってっちゃうぞーとはならないから。冗談がすごいって」

「あ、困らせるようなこと言っちゃってごめんなさい。あはは、忘れてー……ううん、むしろ忘れさせちゃう！　忘れろォ、忘れるのじゃー……！」

後半の佐中さんは、険しい顔で忘却させようとしてきた。どこかの部族の呪術師のつもりだろうか？

「ははっ」

声を低めた老人っぽい演技は迫真の出来で、俺はつい笑ってしまった。

佐中さんって、こんな冗談を言う子だったんだ。

「忘れ～――っくちゅっ」

小さなくしゃみでまじないが中断。

「うう、寒いなー……」

「思ったより冷えるよな。ここ」

それに彼女は、朝から歩きっぱなしという話だった。疲労も溜《た》まってるんだろう。

きっと疲れから、「俺に拾われてもいい」なんて世迷《よま》い言が出たんだ。

「……あの。さっきの拾うとかいう話題の延長では、決して無いんだけど……今からうちに寄ってかない？」

「へっ」

しゃがみ込む彼女が、目をぱちくりさせてから、俺の顔をことさらに見上げた。

「少し走らないといけないし、今よりも濡れちゃうんだけど……よかったら、シャワーぐらいなら貸すよ」

「えっ、でも……」

「このままココに居座り続けてたら、佐中さん風邪引くでしょ？」

まっとうに考えて、このまま放置するワケにもいかないだろう。

家出なんて状態は、まともじゃない。一旦どこかで落ち着く必要があると思った。

「わ、悪いよなんだか。わたしなら、ぇえっと、ホントに大丈夫だから！　気にしないで！　それに、黒澤くんの持ってる本が、濡れちゃうかもしれないし……」

「いや、本なんかよりも佐中さんの緊急事態を優先するでしょ。さすがに」

「──っ。そ、そっかぁ、そうなのかー。…………んー」

頬をまた爪先でかりかりして、佐中さんはすこし俯《うつむ》いた。

要らぬおせっかいだったかな……そう思ったとき、彼女はダンボールからすっくと立ち上がる。

「ええと、お言葉に甘えて――少しだけお世話になっちゃうね、黒澤くん」

暗い場所から、とてとてと近寄ってくる佐中さんだった。白い頬が赤らんでる。すでに風邪気味なのかもしれなかった。早く移動しないとなぁ。

「それじゃあ急ごうか。俺も、自宅まで最短ルートを選ぶようにするから」

言ってる途中、立ち姿になった佐中さんのことを見て、俺は驚愕《きょうがく》した――

「⁉」

――下着の色が完璧に透けてしまっている！

服装のほうに注意を払ってなかったから、気づけなかったんだ。シンプルな装《よそお》いの下、胸部を包みこむレモン色がうっすらと浮かび上がっていた。

土砂降りになっていないと、こうも張りつかないだろう。下着が透けたのはここ数分の話なんだろうけど……佐中さんはそれに気づいてないみたいだった。

「黒澤くん、どうしたのー？　止まっちゃったけど」

「く、黒澤くんはどうもしてないよ。ダッシュで行こうか佐中さん！」

「分かった！　わたしけっこー足速いから、後ろは気にしないでいいからねー」

学校でのローなテンションとは違って、元気にうなずいてくれる佐中さんだった。胸元のレモンは依然として隠れることはない。

正直、ひじ姉の下着姿の何十倍もときめきそうになる――なんて思っちゃ駄目だ。大体、そんな事故みたいな見方するのは、その、よくないだろ。

なるべく佐中さんの方を向かないようにして、俺は小走りで、黒澤家へと向かうのだった。

はあ……なんだか平常心を保てないな。

早めにシャワーを浴びてもらって、落ち着いたら帰ってもらおう。

2　この家出してきた少女に犬耳を！

ノックしてから入った仕事部屋は、いつものように物で溢《あふ》れている。

頭をバスタオルで拭きながら俺は、部屋の入り口に立ってひじ姉の背に声をかけた。

「ちょっといい？　助けてほしいことがあるんだけど」

「あー……？」

至極めんどくさそうな声だった。

人間工学に基づいたデザインの椅子に腰掛けてる姉は、ゆっくりと、部屋の入口に突っ立ってる俺の方を向いた。

「帰ったのかよユキ……私、見てのとおり仕事中。んでもって行き詰まり中。ついでにイライラ中なわけね。よほどおもしれー困りごとじゃないと、対応してやれね――」

「同級生の女子にシャワー貸してるんだけど着替えが無い」

「死ぬほどおもしろそうなイベントがネギ背負《しょ》ってやって来たぁ！」

椅子から射出されたみたく、ひじ姉は一気に俺の方へと詰め寄ってきた。女性にしては長身な姉が迫ってきて、俺はビビる。

「な、なんだよひじ姉。乗り気すぎて引くってば」

「そりゃーアガるじゃん？　ユキが異性にシャワー貸す日が来るなんてなあ。私にも想像できなかった。今夜はスーパーで赤飯パックかぁ？」

「い、祝わなくていいから。それで、服貸して欲しいんだけど」

「はぁ？　なんで私が。あんた彼氏でしょ、ワイシャツのひとつでも貸してやんなよ」

「そ、そういう関係じゃないって。近所でグーゼン会っただけだから」

俺は、佐中さんと出会ってからマンションに寄ってもらうまでの経緯を説明した。

「――ふうん。事情は分かったよ。その家出してきたアリサちゃんとやらに着替えを貸せばいいと……あんたのシャツじゃ駄目なの？」

「異性の俺のだと、あまり良くないと思う。選択肢があるんだし、ひじ姉のを貸してよ」

「つまんねー……うちの弟がつまんなすぎる。刺激の足りない男に育って私は悲しい」

「うるさいな。早く早く」

急《せ》かされたひじ姉は、黒髪をうなじの辺りでひとつに結んだ。来客用の髪型だ。

姉はクローゼットを開けると、ノースリーブの上に軽い羽織《はおり》をして、外向きの格好に着替える。そのまま、内部にあるプラ製タンスを開けはじめた。

「それで？　そのアリサちゃんってーのは、どういう体格の子なの？」

「えっ、体格？」

「背の高さとか、肉突きのよさとか教えて。ぴったりなのは無いだろうけど、近いサイズの衣装なら、資料の中にあるかもしんねーしな」

ひじ姉のクローゼットの中には、普段着のほかにも巫女《みこ》服やら知らない学校の制服やらが入っていた。自作のキャラに着せる際、参考にするんだろうな。

「身長は、ええと、どうかな。俺が少し下を向いて喋《しゃべ》らなきゃいけないくらい。女子としては平均的だと思う」

「ウエストは？」

「……詳しくはわかんないけど、めっちゃ細いかも」

「どういう系の顔？」

「え、それ訊《き》く必要あるの？」

「私は似合うかどうかもこだわりたいワケ」

「顔立ちは、お父さんが米国人で、めっちゃ可愛《かわい》い系……なんじゃないかな？」

「へえ。バストは？」

「……思ってたよりは、ある」

つい先ほど事故で確認してしまったから、ついに俺は言いきってしまった。しかし、必要な質問に答えてるだけなのに罪悪感がすごいぞ……？

俺の葛藤などは気にせず、姉は「この辺りか」と呟《つぶや》いた。衣装の品定めを終えたみたいだ。俺の立つ部屋の出口へ近づいてくる。

「貸せそうな服の目星はついたぜ。んじゃあ、私は脱衣所でアリサちゃんを『説得』してくるから、ユキはリビングの掃除でもしといて」

「はあ。了解」

いくら家事が不得意とはいえ、掃除ならば多少はできる。

クラスメイトに見られても問題無いくらい、綺麗《きれい》にしとかないとな――

ところで佐中さんへの『説得』って、何をする気なんだろう？

◆

1時間以上は経《た》ったというのに、佐中さんもひじ姉もリビングに入ってこない。

「こっちはあらかた片付けたのにな」

といっても、フローリングに雑に放置されてた雑誌やらチラシやら姉のダイエット器具なんかを、端っこの方に寄せただけなんだけど。俺の掃除技術は最低限しかないよ。

「…………」

ばっくん、ばっくん。と、心臓が静かにうるさい。ずっと緊張してるんだ。

姉のマンションだけど、我が家に同級生が来てるんだよなぁ。それも人気の女の子。

このふわふわとした謎の緊迫感は、まったくもって居心地がよくない。ここって本当に俺が暮らしてる家なの？

それに、女子のシャワーが時間掛かるのは理解できるけど、すこし掛かりすぎじゃないかな……。

ひじ姉が居るから大丈夫だと思うけど……なにかハプニングでも起きたのか？　様子を見に行こうかな。

とかなんとか迷っていたら、異なる足音がふたつ廊下から聞こえてくる。良かった。ようやく二人ともコッチに来るみたいだ。リビングへと繋《つな》がるドアが開いた。

「ふたりともお疲れ様――って、ええええ?!」

視線をやってからコンマ数秒で驚愕した。

「あ、あはは……黒澤くん、どうもー」

若干赤らんだ顔で、ひらひらと手を振る佐中さん。

彼女は、ひらひらしたフリルまみれの服に身を包まれていた。

いや、服というよりはコスチュームだ。

だって、それはどう見ても――

「メイド服……？」

貴族に仕えていた時代のような、格式高い種類のものじゃない。

胸元の安っぽいリボンに、どこのアイドルだよってぐらい短いスカート。極めつけには、佐中さんのしなやかな腿《もも》の曲線を締めつける白ニーハイだ。

「さ、佐中さん、なんでコスプレっぽい格好してるの……？」

「ちがうの、引かないで！　お姉さんの熱量に押し切られたの。あぁでも、最後に着るって決めたのはわたしだしー……ど、どんなもんだー！」

恥ずかしさを誤魔化すためなのか、佐中さんはメイド服のまま胸を張って、そこに指を揃《そろ》えて置いた。白い頬が羞恥の色に染まってる。

けれど、その目はなにかを期待してるようだった。

「えっ。いや。どんなもんって言われても……」

「ど、どうなの。どうなのっ？」

「えー……っと」

「煮えきらねーなぁユキ。こんなん、誰が見ても似合ってるって言うだろ?」

遅れて登場した姉は、満足げな口ぶりで、俺の座ってる床の横に腰をおろした。

「あのあの、お姉さん。これってほんとに似合ってますかー?　わたしには、そのぅ、黒澤くんが困惑してるようにしか見えなくってー……」

「あー大丈夫。ユキの心はいま、活火山みてえに噴火寸前だよ。なあ?」

「か、勝手にひとの心を喩《たと》えるなよ」

少し図星だったから、少し強めに指摘した。

そりゃあまあ、当たり前すぎるほどに可愛い。直視しにくい。まぶしいほどだ。

さらに佐中さんの顔をよく見たら、薄い化粧まで施されてる……?　だから準備に時間が掛かったのか。普段はすっぴんでも芸術的な女の子に、さらに磨きが掛かっていた。

なんにせよ、どうかしてる。メイド服は客人にしてもらう格好じゃない。今からでも着替えてもらえないだろうか。

「ひじ姉さ、もっとマトモにできなかった?　流石《さすが》によくないって」

「そうか?」

「そう。こういうふざけ方は感心しないな」

「ああ、悪い。やっぱり怒るよなぁ。んじゃーアリサちゃん、事前に説明したとおりプラ佐中さんは俺をちら見しながら、より恥ずかしげな様子になっている。学校では落ち着いてる美少女とは思えないほどだ。なんだろう、プランB？

「たしかに違和感があったよなぁユキ。あんたに気づかれないなら、そのままにしておこうと思ったんだが……」

「ほ、ほんとにやるの……ですかー？」

ンB《ビー》だ」

「え、なんなんだ？　最初から格好には違和感しかないけども——あっ、よく見たらフリルのカチューシャが無い」

メイドさんといえば、頭上に被《かぶ》っているアレが特徴的だった。それがいま、無い。

「その通りだな。それじゃあアリサちゃん、頼んだ」

「わ、わかりましたー」

彼女はどこからか取り出した『犬耳のカチューシャ』を装着した。

「なんで？」

「私が普通のヘッドドレス失《な》くした。たまたま持ってたこの改造犬耳で代用な」

「代用だワン。黒澤くん、完璧なメイドじゃなくてすみませんでしたワン……」

「べつにカチューシャが無くて『マトモにできなかった？』って怒ったんじゃないから

な⁉　佐中さんも、語尾を犬っぽく変えなくていいよ！」

さては、遅くなった理由に作戦会議をしてたのもあるな……⁉

茶色の犬耳が生えたカチューシャを装着した佐中さんは、いよいよもって「普通」から離れきってる。

ナチュラルな色の茶髪に、第三第四の垂れたおみみが融和していた。しかし、その付帯物は逆に、彼女のメイド服を不自然ではなく自然なものに昇華している。

つまり――非日常的なコスプレとしては、物凄《ものすご》くレベルが高い。

「さ、佐中さんはそれでいいの？　イヤならもう犬耳なんて外していいし、メイド服もやめたっていいからな」

「え？　わたし嫌じゃないよ？」

「マジっすか……」

「アリサちゃんはあえてメイド服を着るのを選んだんだよな」

「うん。お姉さんが『これが黒澤くんへのお礼になる』って教えてくれてー……それで、どうかな黒澤くん」

「どっ、どうって……なにが？」

「ええと、つまりそのぅ……わたし今、黒澤くんのお礼になれてるー？」

犬耳メイドな佐中さんは不安げで、でもやっぱりなにか期待しているようで——

「お礼になるなんて日本語は無いから、その質問にはノーコメントで。佐中さん、もうちょっと落ち着こうか。俺あったかいお茶淹《い》れてくるよ」

特別な女の子が求める言葉なんて、平凡な俺には与えられないんだ。

「あっ、待ってよ、回答はー？」

「逃げたな」

う、うるさいバカ姉ぇ。もう少し思春期の弟の気持ちを考えるとかしてほしい。

……いや、むしろ考えすぎだから想像力を抑えてほしい、とすら思った。

◆

犬耳を生やしたメイドさん——否、佐中さんの前に、客人用の湯呑《ゆのみ》を置いた。

実家から持ってきたお気に入りのそれは、湯気をもわもわと立ち上らせている。

「粗茶ですが」

「わー、ありがとう！　シャワーといい、かわいい洋服といい、黒澤くんの家は温まるねぇ。優しさが染みいるよ。手間暇かけて淹れてくれて、ありがとねー」

「ああ、中身はペットボトルのお茶をレンジで温めたやつだよ」

「……機械を介してまで用意してくれて、ありがとねー」

「ユキ。そういう裏側は黙っておくのが吉だよ」

あぐらを掻《か》くひじ姉に呆《あき》れた目で見られたが、俺は気にせず、その隣に腰を下ろした。

ソファにちょこんと座る客人の佐中さんと、テーブルを挟んで向かいあう構図だ。

話を聞く準備がようやく整った。紆余曲折《うよきょくせつ》すごかったなぁ。

「それで、佐中さんはどうして家出してきたの？　答えられる範囲でいいんだけど」

「ううん、ちゃんと話す。ここまでしてくれたんだもの、誠実に答えるつもりだよ」

真剣そのものな表情で言う佐中さん。これで犬耳＋メイド服じゃなかったらなぁ……

外見はともあれ、重要なのは内容だ。女子の間ではなぜかクラスのマスコット化してる佐中さんだけど、実態は才色兼備な優等生。男子の憧れの的だ。

しっかりとした考えや、とても深い事情があって、家出を決めたに違いない。

俺は覚悟して、彼女の言葉を待った——

「パパがね、冷たいの」

「はい？」

パパが冷たい。

あぁ、そういえばさっきも言ってたな、パパが悪いー、とかって。なんか世界的な映画監督とやらの。

「この夏休みは家にたくさん居るって言うから、予定をたくさん入れたのに……この日は都合が悪い・この日は道が混みそうだ・この日は会食があるって、次々とキャンセルしていってね。ひどくないっ？」

「ひどい……は、ひどいんだろうけども」

その程度のことで家出する？

「原因としちゃあ、ちと弱いな。アリサちゃん、もっと前から溜《た》め込んでたことがあるんじゃないの」

俺が言及しないでいたら、ひじ姉がテーブルに頬杖《ほおづえ》を突きながら切り込んだ（すごいな）。その向かいに座る佐中さんも、待ってましたとばかりに手をぱんと叩《たた》いた。

「そうなんですお姉さん！　わたしの家庭、三年前にママが亡《な》くなったんですけどー」

「あ、わりと重い話？　やべっ、言いにくいこと言わせちゃったかな私」

「いえいえ、お姉さんのお気遣いにかんしゃです！　それで、ええと、ママが旅立ってから、パパの態度がよそよそしいというかー……」

なんとなくピンときた。

「はあ。距離を置かれてるんだ」

「そうなんだよ黒澤くん！　元々たまにしか会えないのに、ひどい！　もうパパほんとありえないーって思っちゃって、ついにカチンときて、朝から出てきちゃったっ」

拳を宙でぶんぶん振りながら、憤《いきどお》りを説明する佐中さんだった。

「まぁ、家出の理由はわかったよ。俺も同情する」

要するに、父親との距離感が微妙って話だ。

けど、その程度のことならフツーに、親御さんと正面から向き合ったら解決しそうな気がする。早いうちに帰った方がいいんじゃ――

ぶぃー、ぶぃー
「あ、ごめんね電話が……パパからだ！」

噂《うわさ》をすれば連絡が来た。佐中さんは、この場で電話に出てもいいかを視線で訊《き》いてくる。

俺とひじ姉が無言のまま頷《うなず》いた。

「もしもし、パパ……？　……えっ、きょうは何時に帰ってくるのか……って？　……帰ってこないからって宣言したよね、わたし！」

「あちゃあ、親に真剣さが伝わってなかったパターンか。こじれるぞ、これは」

隣で姉が嘆息する。学生時代、女子からの信頼が厚かったひじ姉は、こういう複雑な相談をよくされたらしい。本人は「モテるなら男がいい」とぼやいてたけど。

ひじ姉の推測どおり、佐中さんの口調は一気にヒートアップしていった。

「だーかーらー、わたし帰らないの！　えっ？　お泊まり……じゃないもん！　パパって
どうして楽観的なのかな。オプティミズムは良《い》いけど、今は要らないの！」

教室では飄々《ひょうひょう》としてる佐中さんが、感情を剝《む》き出しにして怒ってた。

メイド服という格好も相まって、光景が新鮮すぎるなぁ――けど困った、このままじゃ
家出が解決しそうにない。

「しゃあないな」

平行線な会話を見かねたのか、姉が立ちあがって佐中さんに手を差し向ける。

「アリサちゃん、電話代わって。一時的な保護者として大人の話してくる」

「え？　あっハイ、分かりました。パパ、同級生のお姉さんに電話代わるからね！」

ピンクカバーのスマートフォンが姉に手渡された。

「お電話代わりました。わたくし、佐中さんのクラスメイトの保護者の黒澤と申します。

はい、ええそうです。お世話になっております。いま、お宅の娘さんが家に来てまして
――」

めったに見られない応対モードのひじ姉はそのままベランダへと出ていった。

取り残される俺と、メイド服 with 犬耳な佐中さん（お互いにもじもじとして落ち着かない様子）。

改めて何？　この状況。

「あ、あはは……ほんと、ごめんね、黒澤くん。必要以上に激しちゃって。みっともないところ見せちゃった。これには反省しきりだよー……」

「いや、俺は気にしてないけどな」

「……ほんとー？」

肩を落としてしょげる佐中さんが、こっちを窺《うかが》ってる。じぃっ、と見てきてる。必然的に、上目遣いにもなっていた。

「あーうんうん。マジで気にしてない。むしろ怒ってる佐中さんが新鮮だったよ」

「う、嘘《うそ》ばっかり。いま目ぇ逸《そ》らしたよね？」

それは佐中さんの上目遣いが破壊力高いからだよ。

なんて言えるか。俺は強引にでも話題を変えることにした。

「それはいいじゃん。で、佐中さんはこれからどうするつもりなの？　普通に考えたら、帰った方がいいと思うんだけど――」

「え、むりむり。シャワーの恩人である黒澤くんの助言でもむり。ノーだよノー。パパが謝るまで、帰らないことに決めてるから」

拗《す》ねた表情のまま、腕を組んで拒否を突きつけてくる。その頑《かたく》なな表明に、少しだけ異国の文化を感じた。

「じゃあ、現実的に考えてさ、宿はどうするんだ？　夏休みの間、女友達の家を転々とするとか？」

「まさかだよー。わたしを泊まらせてくれるような、仲のいい友達なんて居ないし」

「え？」

そんなはずはない。佐中さんといえば学校でも人気者だ。廊下を歩けば知らない上級生に声を掛けられると、前にも愚痴っていたほどに。

「頼れるクラスの女子は？　本当に居ないの？　たとえばそう、嶋《しま》さんとか」

「嶋さんは、けっこー声は掛けてくれるんだけどね。キホン的に、深いところまで仲良くなりきれないの。遠慮されちゃうというか、わたし自身も遠慮しちゃうってゆーか」

「ああ」

なんとなく分かる。佐中さんは第一にアイドル的な存在だ。近づきすぎる対象じゃない。マスコットのような存在としても女子には慕われてたから、気づけなかったけど――そうか、佐中さんって仲のいい特定の同級生がいないんだ。

「え、ならマジでどうする気？　佐中さん、頼れる相手いない……？」

「だいじょーぶ！　心配しなさんな、だよ。わたしお金なら持ってるからね？」

「あ、そうなんだ。差し支えなければ、幾らぐらいか教えてもらってもいいかな」

「えーと、財布に2万円、口座に8万円！　お小遣い、けっこー貯めてたんだ」

「……現実的な額だな？」

世界的な映画監督でも、娘への金銭感覚は常識の範疇《はんちゅう》らしい。

「合わせて10万円！　これは、我ながらすごい額だねぇ。ほとんど富豪だよ」

両手の指を10本ぱぁっと開いた横で、佐中さんは笑顔の花を咲かせた。この花、世間の荒波に揉《も》まれたらすぐ散りそうだぞ……？

「こんなにお金があったら、安いホテルに泊まれば、夏休みの間はなんとかなるよねっ。パパがアメリカに帰ったら、家出はおしまい。そういう計画なの」

「なるほど。……なるほど？」

俺は納得しかけたものの、やっぱり良くないんじゃないかなぁって思った。

彼女の計画は考えられてるようでいて、詳細がぼんやりしている。

夏休みはまだ始まったばかりだ。10万円じゃ絶対途中で足りなくなる。

危なっかしいんだ、佐中さんは。

一見すると、ただの完璧女子でしかない。だからこそ周囲は、彼女の抱えている危うさに気づきにくいのかもしれない。現に俺も、今日までとくに違和感を抱いてはいなかった。

「いやー、ひと夏の冒険って感じだねぇ。わたし、こーゆー挑戦ってしないから、逆に楽しみになってきたよ！　わくわくが止まらないなー」

「…………。駄目だ！　帰った方がいいよ佐中さん。俺の予想だと、２週間目を終えた辺りでよくないことが起きてしまう……！」

「えっ、どうしたの黒澤くん。それに、２週間？　やけに具体的な数字だなー」

俺の脳内シミュレーションで佐中さんは、15日目くらいに「けっこー余裕だー」と家出状態に慣れてきて夜遅くまで出歩いてしまい、街のチンピラ集団に連れ去られていた。危なっかしすぎるぞ、この子……！

そんな最悪の未来を迎えないように、この家出は阻止しないといけなかった。

佐中さん自身の意思で、パパさんの待つ家へと帰ってもらう必要がある。

ひじ姉とパパさんの会話は続いている。ベランダに出ていったきり帰ってこない。

「黒澤くん？　急に黙り込んで、どうしちゃったのー？」

「ごめん。いま考えごとしてるんだ」

一方で俺は、どうすれば佐中さんが家に帰りたくなるかを考えていた。

ひじ姉に電話を代わってもらって、パパさんに直接謝るよう提言するとか……いやいや、相手は世界的な映画監督だぞ？　特別な存在すぎる。そんなことはできない。

どうしたものかなぁと迷っていたら、ガラス窓が音を立てて開いた。

「マジメな話して疲れた……そのお茶貰《もら》うわ」

姉が戻ってくるなり、テーブル脇の地べたに置かれてたペットボトルを手にとった。喉を鳴らして豪快に飲んでいく。大変な話し合いだったようだ。

「佐中さんのお父さん、なんだって？　あ、もしかして今から迎えに来るとか？」

「ぷはぁっ……いや、そんな話はしてない」

容器の中身を空にしたひじ姉は、居住まいを正すと、ぽわんとした顔の佐中さんに向き直った。

あの姉が正座をしている。マジな話をするつもりだと、弟の俺には分かった。

「佐中アリサさん。あなたの父親と話をしました」

「は、はい」

「家出は事実であること。あなたが感情に振り回されていて、現在正常な判断がむずかしいこと。黒澤家で保護した為《ため》、いまは危険な状態ではないことを伝えました」

「はい……」

犬耳を付けたメイドさんも、ぴしっと背を伸ばして話を聞いていた（光景だけ見ればヘンなお店の面接みたいだ）。

彼女はクラスメイトの姉に大人な対応をとられて、しょぼんと落ち込み始めてる。存在しない尻尾が力なさげに垂れてるのを俺は幻視した。

「ごめんなさい、お姉さんにはパパの対応までしてもらって……メーワクでしたよね。あのあのわたし、着てきた服が乾いたら、おいとましますので――」

「いいよ。出ていかなくても」

「へ？」

「お父様の同意は取れたから。心が落ち着くまで、好きなだけ泊まっていけばいいよ」

……え？

「ど、どういう意味で言ってるのソレ。ひじ姉さぁ、いつもの冗談にしてはきついよ」

「マジだよマジ。話し合いの結果、そういうことになったの。どこかへフラフラされるより、保護者の目と無償の宿があった方が安全だろ？」

「そんな、メイド服だけではなく滞在までお許しを？　い、いいのですかー……？」

「ん。好きなだけ居てください。限度はあるけど、アリサちゃんが落ち着くまではね」

「お、お姉さん……！　ありがとうございます！　わたし、ひとの優しさを過剰摂取した結果、目から雫《しずく》がこぼれそうだよー……！」

「回りくどっ。泣きそうって言えばいいのに。ははは、妹が増えたみたいでいいや」

「よくはないや⁉」

眼《め》の前で繰り広げられてた感動のストーリーに、思わず俺は待ったをかけた。

いくらでも泊まっていいって、それはつまり——いっしょに暮らすってことだ。

佐中さんが夏休み中、ずっと家に居る？　ありえない。そんなの俺が過ごしたい一般的な夏休みじゃない。一日中、彼女の存在に緊張してしまいそうだ。

今からでもまだ遅くない。考え直すように言わないと……！

「だいたい、冷静になって考えてみようよ。異性のクラスメイトと住むなんて……常識的にどうなの。問題があるって」

「あー？　うちの弟はアタマが固いなぁ。姉ちゃんは悲しいよ」

「え待って、一瞬で俺が聞き分け悪い子みたいになった？　正論なのに！」

「正論はときとして無用の産物になっちゃうんだよ、黒澤くん」

「ああうん、優等生として教えてくれてありがとな！」

でも今そういうこと説ける立場じゃないよね、佐中さんは！

「保護者のあいだで話はまとまったかもしれないけど、黒澤家・ひじ姉支部の一員として断固反対するよ。クラスの女子と住むなんて……」

「ユキ。クラスの子と住むのが嫌なら、まずは発想を変えな」

「えっ？」

「なんのために人に想像力という翼が生えてると思ってんだ。常識という庇護膜《ひご》に包まれて思考停止するなよ──『同級生の佐中アリサさん』じゃなく、『犬耳の生えたメイドの獣人アリサちゃん（ファンタジー世界から来た）』と捉えるんだよ」

「なにを言ってるのか分からない」

まったくもって分かりたくないです。

ひじ姉の漫画的な想像力は尊敬しているけど、それは俺が持ち合わせてないものだった。

しかし、佐中さんの方は納得がいったようだ。

「お姉さん、それナイスな提案です！」

立ちあがった彼女は、わざわざ姉の手を握りに行った。軽くシェイクまでしていた。

「犬耳メイドとして居れば、クラスメイトと住みたくない黒澤くん的にも、問題なくなりますワンね！」

「語尾凝らなくていいから。それに、依然として問題はあるし……だいたい思ってたんだけど、付けるとしても猫耳のほうがいいだろ絶対！」

「わめくなよユキ。ないものをねだらず現状に満足しな。ホラ、よく見てみ？　定番じゃないけど可愛《かわい》いぞ」

「定番じゃないって言っちゃったよ！　いっそ耳取った方がシンプルでいいって」

「ううん、わたしもう犬耳メイドとしてやる気だよー？　ばっちこいだ」

佐中さんが小さな右の拳で左の手のひらを叩《たた》く。意欲はバッチリという姿勢を見せられた。……いや、見せられましてもね。

「てかメイドってちょうど良《い》いじゃん。私ら姉弟《きょうだい》、家事がダメで困ってたんだわ。渡りに船だね。いっしょに住むなら、アリサちゃんにも家事を手伝ってもらおう」

「はいっ！　任せてくださいお姉さん！　わたし家事やったことないけど、これからじゃんじゃん覚えちゃいますよー」

「んじゃあユキ、そういうことだから。さっき買った料理本はアリサちゃんと読んで」

「いや……あの……」

とんとん拍子に、犬耳メイドなアリサちゃんとの同棲話《どうせい》がまとまっていく。

同棲反対軍（1名）は徐々に士気を低めつつあった。

こうなってはもう、流れを変えることは出来ないだろう。

「はぁ……分かったよ、もう」

諦めからくる溜息《ためいき》をもってして、家主である姉の決定を受け入れることにした。

べつに佐中さんが家に居たって、フツーの夏休みは謳歌《おうか》できるはずなんだ。たぶんね。

俺はフローリングに手をついて、体重を後方に預けて――ついには脱力する。

「あのー」

佐中さんがおずおずと声を掛けてきた。

「黒澤くんは……わたしがいっしょに住むこと、渋ってる、よね……？」

「え？　いやそんなことは」

あるけども。既にどうこう言っても意味がなさそうだしなぁ。

答えを言い渋ってたら、佐中さんが膝立ちで移動してきて、俺に近づいてきた。

「お姉さんは許してくれたけど……黒澤くんにとってはやっぱり、メーワクだよね」

文字通り、手の届きそうな距離。

「ちょっ」

パーソナルスペースの概念は何処《どこ》へ、というほどに近い。

胸元のフリルあたりで両手を握る彼女は、どこか祈るようですらあった。

「わたし、黒澤くんに認めてもらえるように、努力してみるから」

「え……なんで？　俺になにを認めてほしいの」

「一緒に住んでも問題ないメイドさんだってこと！　認めてもらえるように、褒めてもらえるように、がんばるから。しばらくの間よろしくお願いします、ご主人様！」

ころりと表情を変えた彼女はまた、華のある笑みを浮かべる。

綺麗《きれい》だった。輝いていた。まぶしかった。

「――――」

そんなの、ドキッとしないはずがないんだ。

こうも距離の近いところで、素晴らしい笑顔を向けられてるのだから。

これからの共同生活でも、こういう事をされるのだとしたら――まずいな。

絶対にまずい。こんな特別な女の子をうっかり好きになったら……どうしよう。良い結末は待ってなさそうだぞ？

「ま、まずは離れようか佐中さん。あと、俺は雇ってないからその呼び方やめよう」

「え？　でも黒澤くんはご主人様って呼ばれるの好きそうだって、お姉さんが小声で」

「ひじ姉はさぁ！」

うらめしげに姉の方を向くと、楽しそうに俺たちのことを見てた。観察者の瞳だ。口元がにまにましてる。この状況を全力で面白がってる……！

ああ、なんだか逆に冷静になってきたぞ。

勢いで丸め込まれそうだったけど、家出した異性のクラスメイトと同棲なんてよくない。親御さんだって心配してるだろう。

犬耳メイドが暮らしのなかに居て、普通の夏休みを送るなんてのも無理だ。

「うし、同居人も増えたことだし、今日の夜はピザでも頼むか。ユキ、アリサちゃん、好きな味選んでいいよ」

「わ、素敵。わたしピザってけっこー好きです！　ご主人様は、どういうのがお好み？」

「普通の味」

「……ふつーの味って、どういう味だろー？」

首を捻《ひね》る佐中さん。マルゲリータとかだと思うけど、教えはしなかった。

多少、露骨に冷たくしてでも――できるだけ早く、佐中さんには自分の意思で、彼女の家に帰ってもらう必要がある。

3　犬耳メイドさんと家事体験

体を揺すられていた。

「……？」

背中のあたりを揺すられてる。ゆさゆさ、ゆさゆさ。遠慮がちなその揺れは、ある一定のリズムを保っていた。

「起きてー、起きてよー」

「ん……」

アタマがぼんやりしている。

昨日は、ピザを食べて……そのあとクラスの友達から連絡が来て、夜遅くまでチームでランクマを回してたんだっけ。

「反応ないなぁ。んー……初仕事だぞわたし、もっと気合い入れて起こさないと」

まだ眠い。なのに誰かが、心地の好《い》い微睡《まどろ》みを消さんとしてる。

「とはいえ、あんまり激しく起こすのもよくないよね。まずはカーテンを開けちゃおう！」

レールの音がして、視界が明るくなった。まぶたを閉じてるのにだ。

昨日の雨天はどこへやら、外は快晴らしかった。

「ひゃー、天気いいなぁ。これでどう？」

「………」

「足りないかぁ。もっと大きい声を出してみるー？　でも、静かに起こさなきゃだし」

いったい誰なんだろう。やめてほしい。

夏休みなんて期間は、出来る限りダラダラと過ごすのが至高なんだ。こんな朝早くから、活動なんてしてたまるか——

「起きろー……♡」

こしょこしょ。

「ッおはようございます‼」

甘いささやきにより鼓膜が溶かされる危険を感じた俺は、すぐさま飛び起きた。

「あれ？　おはようございます。ご主人様って起きるときはすぐなんだねぇ」

「さ、佐中さん……⁉　が、なんで俺の部屋に居るんだ……？」

「え、昨日の今日で忘れちゃったの。えっとね、わたし家出したから、メイドさんとして置いてもらってるんだけど……」

「それは覚えてる。なんで、こんな早くに起こしに来たんだ……」

寝不足でしぱしぱする目を擦りながら俺は、己のあごを指差して説明する佐中さんを非難した。

彼女は昨日とおなじ格好だった。安っぽいメイド服を、奇跡的な調和をもって着こなしている。頭上には「それほんとに要る？」って聞きたくなる犬耳カチューシャ。ちなみにもう見慣れてきてるよ。慣れって怖いなぁ！

「えーとね。起こしに来たのは、お姉さん……じゃなくて聖《ひじり》さんに頼まれたから。そろそろ黒澤くん――ユキ君を起こしてきてーだって」

「はあ……そうなんだ……」

昨日の夕食時に、姉が「私も黒澤だから、ユキの呼び方変えてくれないかな」と提案してから、佐中さんも俺をあだ名で呼ぶようになった。

いや、いいけどさ。呼び方なんて、この際なんでも。

「ていうかひじ姉、こんな朝早くから俺に何の用だ……？　朝ご飯なら、きのうのピザの残りがあるはずなのに」

「あ、それはね！　わたしが暇そうにしてたから、ユキ君に教えさせるんだって」

「俺が？　教えるって、なにを？」

「黒澤さんちの家事事情ってやつをだよ。わたし、何すればいいかまだ分からなくて」

朝日に顔を照らされてる佐中さんが、にっこりと微笑《ほほえ》んだ。

「お仕事教えてくださいな、ご主人様！」

「それは主人がすることじゃないと思うんだよな……」

第一、雇ってないから主《あるじ》でもないんだけど。

こうして今日は（不本意にも）佐中さんに家事を教える予定が立った。

◆

リビングに出ると、ひじ姉が外行きの格好をしていた。眼鏡を外してコンタクトにしてる。

置いてあるデジタル時計を見ると、9時30分ぴったりを示していた。

「おはよう。これからどっか行くの？」

「起きたかユキ。そうな。アリサちゃんの生活用品とか、替えのメイド服とか下着とかを買い足してくる。サイズはけさ測ったからな」

「聖さんにもろもろ知られちゃったよー……乙女の秘密がまるはだか……うぅ、測るって知ってたら、きのうのピザは減らしてたのになぁ」

俺の横で佐中さんが、自分のウエストをうらめしげに触っていた。傍《はた》から見たら、じゅうぶん過ぎるほどに痩せてると思うけど……当人からすれば違うんだろうか？

「んじゃあ私行ってくるから。ユキ、我が家の代表代理として、アリサちゃんのこと頼んだよ」

肩がけのブランドバッグを持って、ひじ姉がリビングから出ていった。

「ユキ君、わたしのこと頼むねー。なんちゃって！　あははー、メイドの身として厚かましすぎたかな」

「ああ……とりあえず朝ご飯食べながら、話しようか」

なんか可愛いことを言ってたけど、俺は気にしないことにした。いちいち反応していたら体力が持ちそうにないからだよ。

冷蔵庫で冷えてたピザふた切れを、レンジで温めた。佐中さんはもう食事を済ませてたらしい。食卓に皿を運んでくると、俺の向かいの席でただニコニコしてる。

「え、ピザの残りを運んでくる俺ってそんなに面白かった？　めっちゃ笑顔じゃん」

「あ、ちがうの。寝起きのユキ君って学校じゃ見れないなーと思って、新鮮だっただけ」

「……犬耳つけてるメイド服の佐中さんも、学校じゃ絶対に見られないけど」

「あはは、たしかにそーだね！　わたし、こういう服装ってしたことないもの。ドレスとかなら、向こうの知り合いのパーティーで着るんだけどねー」

胸元のリボンをくいくい引っ張ったりして、佐中さんが自分のメイドコスを珍しげに触っていた。

「ふうん」

ところで、海外のパーティーって何をするんだろう？　半端な発展を遂げた田舎で育った俺には想像できない。生まれも育ちも違うよなぁ。

「あー、で、なんだっけ？　俺ん家《ち》の家事事情について教えればいいんだっけ」

「うん！　聖さんの話だと、困ってるっていう話だったからー」

「んーと……それじゃあ、まずはご飯事情だな。今日の朝はピザだけど、ふだんは違う。毎日トーストを焼いてる」

「えっ、毎日？　あ、どっちもパン派なんだね」

「いや、俺もひじ姉も実家じゃゴリゴリにお米派だった」

なのに最近は、コンビニ弁当以外で白米にありつけていない。

黒澤家・ひじ姉支部の炊飯器は、ただのオブジェと化していた。家主も俺も、米の炊き方を分かっていない（※調べても出来る気がしない）。

「きのう、朝ごはん専用の料理本は買ってきた。米とか炊かなくても、手抜きで作れるやつ。朝飯はこれで改善できると思う」

「おお、それはナイス情報！　えぇーと、それならお昼はどうしてるの？」

「学食だけど、節約したいときは抜いてるな。夜は、ひじ姉の仕事の進みがよかったら外食するけど……キホン的には弁当か、コンビニの惣菜《そうざい》だけで済ませてるよ」

「そ、そんなぁ」

佐中さんはショックを受けてるらしかった。実家に経済力のある彼女は、普段からもっといい食事を取ってるんだろう。

そうだ、それでいい。俺はこの子に「家に帰りたい」と思わせなくちゃいけなかった。もっと現実を突きつけてあげよう。

「だから朝ごはんは改善できたとしても、昼と夜は簡単に済ませることになると思う。これが一般的な、家事できない高校生と漫画家のふたり暮らしの食事だよ。佐中さんもそれが嫌なら、パパさんの待つ実家に帰ったほうが――」

「うん。わたし、分かったよ」

「ああ、そう？　分かってくれたか。いやぁよかった。なら、替えのメイド服は要らないな。早速ひじ姉に電話を……」

「このままじゃ恩人ふたりの栄養バランスがあぶない。わたし料理できないけど、いまからでも覚える！　改善してみるよっ」

「なんで？」

現実を突きつけたら、佐中さんの目の奥で意欲の炎がちりちりと燃えはじめていた。

あれか、漫画の主人公タイプか。現実が厳しいほどに燃えあがるのかこの子。

「まかせて。わたし、覚えるのけっこー速い方なんだ！　さっそく調べなきゃね。だいじょうぶ、いまの時代はネットにやり方あるからなー」

スマホを取り出して、佐中さんは料理について調べはじめた。

……やる気を出されてしまった。

まぁ、うん。いいよ。まだ朝は始まったばかりだ。チャンスは幾らでもあるはずだし。

どうにかして、彼女のメイドとしてのやる気を削《そ》いで、帰りたいと思わせないとなぁ。

俺はふた切れ目のピザへと手を伸ばす。朝から脂っこくてきついけど、それでも美味《おい》しいのだった。

◆

シンクでは、コップが山となってキリマンジャロを形成していた（心理的な負担としてはそれくらい大きい）。

「気が進まないけど、これから洗い物をします……」

朝食を終えた俺は、見習いメイドと立ち並んで、溜《た》まってる使用済み食器を眺めていた。

概算して3日分くらいは溜まってそうだ。

「うちは食器を使うことが多くないから、しばらくやらなくても大丈夫なんだけど……っいにコップのストックが切れた。ということでやるぞ」

「あいあいさー！　洗い物なら任せてよ！」

「あ、佐中さん慣れてるんだ？」

「ううん。普段はぜんぶハウスキーピングサービスのひとに任せっきりだよ」

「どこからその自信が出てきたんだ……？」

佐中さんは張った胸を、とん、と自らのちいさい拳で叩《たた》いた。えっへん、という文字が背景に浮かんでたら完璧だったかもしれない。俺もひじ姉に負けず漫画脳かもなぁ。

「たしかにわたし、お皿洗いなんてやった事ないの。うん、過去にいちども無いよ。でも、なんでかな。家事が出来る気しかないんだ！」

「それを世間では『気のせい』って言うんだよ」

「あ、あははー、手厳しい……もしくはね、この服のおかげかもしれないよ」

「メイド服の？　ああ、一種の制服だもんな」

前にネットで見たことがあった。心理学の実験で、看守の制服を着た一般人が、囚人役の一般人に対し、まるで本物の看守かのように厳しく振る舞ったとかなんとか。

役割をあたえる服装の効果はすごいらしい。佐中さんもその恩恵にあずかって、メイドとしてのやる気をブーストさせてるようだった。

……それじゃあ尚更《なおさら》、フツーの格好をしてほしいな？

「さあ、早速はじめよ～！　では、まず何から手をつけるのでしょうか、ご主人様ー？」

「フツーに呼んでくれたら教えてあげる」

「冗談の通じないユキ君だワン……」

「語尾もちゃんとして」

「わーん」

わざと過ぎる泣き真似《まね》だった。可愛《かわい》かったけど無視した。

今日の佐中さんは、きのうよりもさらにお茶目だ。男子からの高嶺《たかね》の花といった印象とも、女子から小動物扱いされてる印象とも違う。

そこで、ふと思った。あの犬耳のカチューシャにも、なんらかの制服的な効果があるのかもしれない——知らないけどね。

外した方がシンプルでいいなって思うよ、俺は。

スポンジを手にとって洗剤で泡立てる。

そして、溜めっぱなしにしていたコップの山と対峙《たいじ》した。

道は高く、そして険しい。面倒臭さで心的ハードルが標高何キロだよってくらいに上がってる。

でもなぁ、こればっかりはやらないとなぁ。お気に入りの食器が使えると、嬉《うれ》しいもんなぁ。

「というわけでサクサク行こう。こんなことに貴重な夏休みを使ってられないからな」

「やろうやろう、がんばろーう」

半袖のメイド服から伸びるほっそりとした腕に、佐中さんは力こぶを作った——訂正、すべすべな二の腕があるだけだった。

「まあ、やり方は単純。家事が苦手な俺でもできる。スポンジで擦って、泡でよごれを落とす。これだけ」
「うん、覚えたよ！　ユキ君もどんどん任せちゃっていいからね。んーと、まずは、昨日わたしが使ったこれから洗おっかなー」
佐中さんが山脈から取り出したるは、俺が3月に引っ越するにあたって、実家から持ってきた湯呑《ゆのみ》だった。
「ああ、それ。小学生のときに買ったんだ。地元のバザーで400円だったんだけど、掘り出し物っていうか、わりとお気に入りでさ。普段遣いはしないんだけど、トモダチが来たときに使ったりして」
「そうなんだ！　なら、わたしも念入りに磨いちゃうよ。この湯呑は任せてよー！」
つるっ（力みすぎて湯呑がすべった擬音）
ひゅーん（きれいな弧を描いて湯呑が飛んでいく擬音）
ガシャン（破壊の音）
「…………」
さーっ（血の気が引いてる擬音）
「……えっ、うそ、ごめっ……ごめんなさいユキ君！　む、昔からの思い出の品なのに、その、あのっ、なんてお詫《わ》びしたらいいのか——」

「いや今そんなのどうでもいいから、佐中さん、破片が刺さったりとかしてない⁉」

勢いよく飛んでいってキッチンの壁付近に落ちたそれは、綺麗《きれい》に大きく割れていた。距離があるとはいえ、破片が佐中さんを傷つけていたら大変だ。

「えっ？　だいじょうぶ、だけど——……」

「よかった、危ないから動かないで。いま箒《ほうき》とちりとり持ってくるから」

「お、怒ったりしないの——……？」

「はい？　いやまあフツーに。湯呑なんかよりも佐中さんの方が大事だから」

家出中の身を預かってる責任者のひじ姉から、彼女のことは頼まれてるんだ。

一般的に考えて、現場責任はこちらにある。なんにせよ怪我《けが》は無さそうでよかった。

「……そ、そそ、そっかー……」

佐中さんは胸をなでおろしたいのか、左手を心臓のあたりに当てていた。

初めての体験でいきなりの失敗だ。ショックが大きいのかもしれないな。それに、顔も赤い。失敗からくる羞恥だろうか。

俺は、めったに使わない箒とちりとりを持ってきて、さっさと後処理をしていく——

——途中で気が付いた。これは逆に、チャンスなんじゃないか？

心が痛むけれど、佐中さんに帰ってもらうためだ、このミスから提言をしよう。

「佐中さんさぁ……メイド服を着てるからって、無理して家事を手伝わなくていいよ。ほら、こうして実際に割っちゃってるし。メイドなんて辞めといたら？」

我ながら意地悪な発言だ。

でも仕方ない、これで佐中さんも諦めてくれるだろう。

メイドとしての役割を失わせることが、彼女を家に帰す第一歩——

「ううん、ぜったいに諦めない！　この失敗は、近いうちに必ず取り返すよ。ユキ君のために、わたし一人前の犬耳メイドになるから！」

「……え」

何故《なぜ》だろう、さらに焚《た》きつけてしまった。胸元のリボンをきゅっと結んで、頭のカチューシャの位置を整えた佐中さんが力強い宣言をする。いや、宣言されましてもね？

その後。佐中さんは驚くべき手際《てぎわ》のよさで、洗い物を済ませたのだった。

◆

脱衣洗面所には、最新機種よりやや型落ちしたドラム式洗濯機が置かれている。

「あ、これ、わたしの家にあるのとちょっと似てるなー」

「そうなのか。なら、ひじ姉は相当良《い》いのを買ってたんだな」

姉は、新しい機械の力に助けてもらうことで労力を極力抑えたい方針のひとだった。漫画を描くうえでも、ネタ出しに時間を掛けるから、実作業は減らすべく3Dを駆使してるとか。

しかし家事の分野ではやる気がないから、せっかくの便利な機能を使いこなせたりはしないのだった。意味のない出費だなぁ。

まあいいや。新しい方の型なおかげで、俺はなんとか洗濯をこなせてるんだ。

「洗濯物は、そうだな、食器と同じく溜めこんでるよ。で、一気に洗ってる。ふだんは制服の替えがなくなるから3日に1回ペースくらい」

「ひゃー、3日に1回？　わたし、その頻度はちょっと困るかもー……」

佐中さんは難色を示していた。そう、それでいい。その調子で帰りたくなって欲しい。

「で、ここからが相談なんだ。佐中さんといっしょに暮らす上での洗濯について」

「なになに？　わたし、洗濯なら出来そうだよ！　任せてくれて、だいじょーぶ！」

「いや、まあ、実行可能か不可能かは置いておくとして——その、同じにして洗っちゃっていいのか？」

「ん……どーゆー意味だろ？」

犬耳のうえに疑問符のブロックが浮かんで見えそうだった。

「いや。だからね」

困った。説明しにくい。けど、確認の必要なことだった。

「あのさ」

「うん」

「いっしょに暮らすとなると、洗い終えたものを仕分けたりする際、必然的に、佐中さんの下着を見てしまう事になるわけ」

「あー、うん。たしかにそうだねー」

「逆に、佐中さんが洗濯を担当する際には、俺なんかの下着を見てしまうわけで」

「うんうん」

「嫌じゃない？　絶対イヤでしょ。もしそうなら、やっぱり家に帰った方が……」

「えー、ぜんぜんオーケーだよー」

あっけらかんと彼女は言った。

「下着って、ただの布とも見れるもん。わたし的には困らないかなぁ。んー……けど、実際は恥ずかしいのかも？　見られてみないと分かんないや。あはは！」

「笑い事じゃないからな……？」

他人事《ひと》みたいに笑顔を見せる佐中さんは、やっぱり危機感の薄い子だった。

俺の脳裏をよぎるのは、きのう事故で確認してしまった、胸部を包むレモン色。あの淡いイエローをただの布と認識することは、俺にはどうしても出来なかった。

ひじ姉のなら何とも思わないのになぁ。佐中さんと暮らす以上は、もう俺が洗濯を担当するのは無理かもしれない。

まるで本意じゃないけど、頼むしかない……か。

「じゃあ分かった。佐中さんが気にしないなら、洗濯については任せることにする」

「ほんとに？　やった、初めてお仕事まかされちゃったよ。じゃんじゃん洗ってじゃんじゃん仕分けちゃうね！」

いや、そんな張りきることじゃないよ。なんて冷えた言葉を掛けようとも思ったのだけど、彼女の前向きな笑顔で溶かされて、そんな気持ちは掻《か》き消えた。

……いや、消されてちゃ駄目だろ。メイドとしての立ち位置を確かなものにしてどうすんだ俺。次からは、もっと厳しくいかないと……！

◆

久しぶりにスーパーマーケットに来ていた。

自宅からやや遠いところにあるため、利便性の面から普段使うことはない。歩いて数分のコンビニに頼ることが主だった。しかし、今日は――

「なんか新鮮！　そうだね、スーパーってこういう雰囲気だったっけ。入ってすぐに野菜売り場！　買い物カゴ持つのも懐《なつ》かしいー。わっ、見て、いきなりどれも美味《おい》しそう。ねーユキ君ってどんな野菜が好み？　どれから見ていこっか！」

「遊園地に来たぐらいはしゃいでるじゃん……ちょ、普通に恥ずかしいから、いったん落ち着いて」

「えー？」

今日は、佐中さんたっての要望で、わざわざスーパーにまで足を向けたのだった。

「だって楽しいんだもん。クラスメイトと夕飯の買い出しをするなんて素敵。いつもは味わえない体験ばっかり！」

ただの買い物でテンションの高まってる佐中さんは、人目を惹《ひ》いた。

芸能人じみた外見のかわいい子が、ただの買い物ではしゃいでたら、まあ、目立つよね。ああほら、あそこに居るお子さんなんてガン見しちゃってるし。

「これでメイド服を着られてたら、もっと味わえない体験だったんだけどなー」

「ま、まだ言ってる？　あんな格好で外に出るなんて一般的によくないよ。もう諦めなって。あと、本当に落ち着かないと、周りのお客さんに迷惑だからさ」

「ユキ君に怒られちゃった。うぅ、ごめんなさい」

佐中さんがお辞儀をする。ビッグシルエットのTシャツが、大きく皺《しわ》を刻んだ。下に穿《は》いてるのはダボついたズボン。まるで、ストリートファッションのようなラフな格好だった。俺の普段着を身につけてると思うと……むず痒《がゆ》いな。

彼女の私服はまだ洗濯中だ。姉も居ないから、けっきょく俺のを貸すしかなかったんだ。心の痒《かゆ》みはともかく、メイド服で外出するよりはマシなはず。深呼吸する佐中さんを見て、改めてそう思った。

「ん、落ち着いたよ！　以後気をつけます。えぇと、それじゃあユキ君、立ち止まってても進まないから、とりあえず歩こっかー」

落ち着いた、人好きのする笑顔だった。俺の横でゆっくり歩きだした佐中さん。

そのままテキパキと、買うものでも決まってるかのように野菜を手に取っていく。

「ふんふーん、ふーん♪」

スーパーのBGMに合わせて、ちいさく鼻歌まで流してた。ご機嫌だ。

デートしてるみたいだなぁって思った。

いやいや、俺があの学園いち特別な女の子とデートなんて、ありえないんだけどさ。今そういう雰囲気っぽいじゃん？　まあ、その、気分的には悪くない――

「ナス入りのカレーにしようと思ってるんだけど、ご主人様はカレーって好きー？」

「…………」

呼び方で即座に現実に引き戻されたよね。

そうだった。いま俺、クラスメイトとデートしてるんじゃなくて、「俺の服を着てるだけの犬耳メイド見習い（なんだそれ？）」と買い物に来てるんだった。

「……まあ、好きだよ。ナス入りも。カレーなんて何が入ってても美味《うま》いからね」

「ほんと!?　わー、好物なんだ。よかったー。腕によりをかけて作っちゃうね！」

「わかった。久しぶりに家で手料理が食べれるから、素直に楽しみにしとく」

「うん！　……あ、でもね、料理って家庭科以外じゃ初めてだし、まだネットのレシピを拾っただけだから、最初はそんな上手《うま》くいかないかも……」

不安そうにする佐中さんだった。俺は、優等生な彼女のこんな姿を初めて見た。

「ま、佐中さんなら出来るんじゃない？」

さっき洗濯機の使い方をレクチャーした時だって、いちど聞いただけで覚えられていた。きっと料理だって出来るに違いない。俺なんかとは違うんだ。

「そ、そっかなー？　……そうかも！　やる気出てきた、今日の夕飯、期待しちゃっていいよ！」

「しとくしとく」

生返事にだって顔をほころばせてくれる佐中さんだった。

どんな出来になるんだろうなぁ、カレー。

◆

夏の太陽が姿を隠しだした時間帯。

料理初心者な佐中さんが、時間を掛けて丁寧に作ったカレーが、食卓には並んでいた。

「いただきますっと……」

匙《さじ》に載せたそれを、豪快に口へ運んでいくひじ姉。

次第に、その眼《め》つきの奥がなみだで潤みはじめた。

「うわわ、そんなに美味しくなかったですか⁉　聖《ひじり》さんのお口に合わなかったのなら、わたし急いで別のを――」

「アリサちゃん待った！　違うんだよ。久しぶりに家庭的な料理を自分ン家《ち》で食べたから、懐かしくてさぁ……私、感動してんの。感動の涙」

「は、はあ。なるほどー。でも、レシピどおりに作ったから、美味しく出来た自負はありました！　えへへ、喜んでもらってよかったですー」

「マジで最高だよ。嗚呼《ああ》、私アリサちゃんを引き止めてよかった。この感動の涙、決して偽りのものじゃないぜ」

「ひ、聖さん……！」

「アリサちゃん！」

隣同士に座ってたふたりは感極まったのか、ぎゅっと体を抱き合わせた。ああ、女子って好きだよね、こういう抱擁する系のじゃれあい……夏は見てるだけで暑苦しいけど。

「愛《いと》おしくてたまらん。うし、お姉さんが撫《な》でちゃる」

「わわっ。あ、あのわたし、子どもみたいな扱いは好きじゃなくってー……」

「あそう？　悪いね、犬耳の存在感につられてつい。一応、うちの専属メイドさんへの感謝のつもりだったんだけど」

「そ、そういうことなら褒められちゃいますよー。どんどん撫でてください！　えへー」

佐中さんは安心したように表情を崩した。にへら、と油断しきった笑顔を見せている。

女子って、髪型が崩れるから頭を触られるのは嫌だって聞いてたけどな。佐中さんは撫でられるのが好みらしかった。ふうん。

「しかし美味いな。アリサちゃん、家事やったことないっつってたけど、ほんとは料理得意なんじゃない？」

「えっ、そんなことは……実は、あったのかもしれませんねー」

へへーん、という乾いた笑顔だ。あれ？　なんでいま経験者だって嘘《うそ》ついたんだろう。

佐中さんが学校で褒められた時によくする、「できて当たり前」って顔だった。

まぁいいや。ふたりが仲を深めてる間、盛られたカレーをひたすら食べていき——完食。

「ごちそうさまでした。ふたりとも、食べないと冷めちゃうよ」

「あれ、食べ終わるの早いねっ⁉　ユキ君って早食いなんだ」

「いいや、いつもならもっと遅いぜユキは。無心でがっつくぐらい美味しかったんだろ？」

「はぁ？　そういうんじゃないよ。べつにいつもの速度だから」

身内に見透かされてた恥ずかしさから、俺は思春期の男子高校生まんまの誤魔化し方をしてしまった。そしたら、佐中さんがわざとらしく片頬を膨らませる。

「お気に召さなかった？　好物っていうから、ユキ君の喜ぶところを想像しながら作ってたのに」

「あ、いや。俺なりに満足だったんだけど……」

そうむくれられると、つい本音を出さざるを得ない。

そりゃさ、いつもの夕食に比べれば段違いだよ。本当に初心者なのか、と訊《き》きたくなるほど安定した味だ。

「アンタ、満足してる割にはリアクションが薄いんじゃない。なんちゅーか、もっと反応してあげたらどうなのよ。私みたいに撫でたげるとかさ」

「そうだよご主人様。もっと褒めてくれるのを、メイドは所望してるよー。撫でてくれたっていいんだよー」

「さ、佐中さんまでひじ姉と一緒にからかうなって……撫でるとか、フツーに考えたらできないから！」

「や、普通に考えんなら手ぇ伸ばすだけで出来るでしょ」

「…………」

俺は論破された。く、悔しい。

「あはは。どうぞー？」

そして佐中さんも、食事中なのに席を立って、撫でやすいように首を前に傾けるのはやめてほしい。しないから。俺にはそんな無理だから。

「あ、そういえばこの後見たい配信があるんだった。それじゃあまた明日だな佐中さん。おやすみ！」

「逃げんの早《は》えー」

姉の呆《あき》れた声と、どこか残念げなメイドさんの嘆息を背に、自室へと戻るのだった。

だいたい、どうして佐中さんは俺なんかに褒められたいんだろう？

◆

目の疲労も溜《た》まってきたし、そろそろスマホ弄《いじ》るのやめようかなぁという夜更《よふ》け頃。

こんこん、という控えめなノックが鳴った。この家でこんな丁寧なことをしてくるのは佐中さんしかいない（ひじ姉は雑に開けてくる）。ドアの向こうから声がした。

「ユキ君、入ってもいいかなー？」

「……えっ？　あー……。…………ちょっと待って！」

すごい、一瞬でまどろみが吹き飛んだぞ。なんだこの予期せぬ深夜の来客は。

俺はベッドから飛び起きて、女子に見られてはいけないものはないか確認した……ない、よな？　乱雑としてるだけで、異性に引かれるようなものは見当たらないはずだ。第一、朝の時点で見られてる。

「あー、佐中さん入っていいよ。散らかってるけど」

「お邪魔しまーす。……わ、改めて見ても、片付けようという意志が微塵《みじん》も確認できないや。これは掃除のしがいがあるよねー」

花柄パジャマを着ているその子は、俺の部屋を興味深そうに見ていた。

「あれ、その服って……」

「あ、これ？　聖さんに買ってきてもらったやつだよ！　替えのメイド服とか、歯ブラシとか下着とか、いろいろ用意してもらっちゃった。しかも『私が全額持つから』って。お金持ってるから出しますっていうのも聞いてくれなくてね……うぅ、感謝しかないよー」

「ああ。ひじ姉は面倒見と気前がいいからなぁ。昔から」

涙声の佐中さんに対し、何気ない顔で言いながらも——俺は内心ドギマギしていた。

だって部屋にパジャマの女子いるじゃん。なにこれ、修学旅行の神回？　メイド服とかいう非現実的な衣装よりも存在感がある。は、早く帰ってもらいたいなぁ。

「……で、こんな遅くにどうしたの。なんか用あった？」

「あっ、うん。えぇっとね。あのー……」

指を絡《から》めてもじもじ。俯《うつむ》くような顔の角度から、窺《うかが》うような目線。

たぶん言い出しにくい話をしたいんだろうけど、まずはその、結果的な上目遣いをやめてほしい。効くから。

「初日のわたしの働きっぷり、どうだったかなーって思ったの。ユキ君に追い出されないように、これからもメイドとして頑張るから、意見が聞きたくて……」

「は？　俺が、追い出す？」

「わたしといっしょに暮らすの、そんなに乗り気じゃない……よね？」

「いや、そんなことは……」

「誤魔化しても分かるよー。今だって、眼を合わせてくれないもの。学校でなら、真正面から声を掛けてくれるのに」

「い、いや……それはさ……」

パジャマ姿の女子相手にはげしく緊張してるからだよ。

そう素直に言えるほど、俺は簡単な性格じゃなかった。

ていうか、追い出すってなんだろう。なんか勘違いされてるよな？

「あの、ハッキリさせとくけども。俺は一貫して、佐中さんを追い出そうなんて思ってないよ」

「へ？」

「他のところに行かれると危なっかしいし、それよりはこのまま居てくれた方がいいよ。けど、それよりも善い選択は『親御さんと仲直りして家に帰ること』だよな。俺はメイドなんてやめて、佐中さん自身の意思で帰宅を選んでほしいと思ってる」

　これは偽らざる本心だった。

　いっしょに住むのが落ち着かないというのもあるけど、それが彼女のためでもある。どうにかこの説得が、彼女に届けばいいんだけど――

「ユキ君……！」

　あ、駄目ですねこれ。感心したように両の指を組んでる。じーんと来ている様子だった。そんな大層なこと言ってないよ俺？

「わたし、勘違いしてたよ。嫌われちゃったのかなぁとも考えたよ。でも、違ったんだね。ユキ君はわたしのことを想《おも》って、ちょっぴり冷たくしてくれたんだ！」

「意図してない、全く意図してない……！」

「ふふっ、照れ隠しはもういいよー。帰ることはまだしないけど、その代わり、明日から頑張るから。期待しててねご主人様！　いまモチベーション凄《すご》いことになってるよー」

結果的に佐中さんのメイド業を応援してしまった。

ダメだ。初日の妨害は失敗に終わった。こういうのは最初が肝心なんだ。佐中さんの帰宅が遠のいたぞ……！

……はあ、まあいいや。俺なりの夏休みを過ごしていれば、そのうち帰りたくなるような出来事が起きるだろう。そのときに背中を押してあげればいいか。

「メイドを頑張るなら、もう寝た方がいいんじゃないの？　明日も早いんでしょ」

「そうだね、えへへ。それじゃあユキ君、おやすみなさい」

「ああ。おやすみの前に、ひとつだけ聞いておきたいんだけども」

「なぁに？」

「ひじ姉に料理褒められた時さぁ、嘘ついてたでしょ。未経験だって思われないように」

スーパーでの彼女は不安そうにしてた。料理はたしかにやったことがないはずだ。

「あ、うん……わたしね、未経験なことでも、やればできちゃうから。むかし、それで嫉妬されたことがあって……つい隠しちゃった」

誤魔化すように笑ってる。こっちが彼女の素の姿なんだ。学校での彼女の「すました優等生」ってイメージは、やっぱり取り繕ってるんだと思った。

「佐中さん。うちでは無理しなくていいよ。ムリに取り繕わなくていい」

「……えっ？」

「夏休みなんだから、気を抜いて過ごせばいいと思う。あと、さっきは恥ずかしくて言えなかったんだけど、カレー美味《おい》しかった。初めてなのに頑張ってくれてありがとな」

「…………。あ、あれ？」

彼女は俺の言葉に対する反応をしなかった。心なしか顔が赤い気がする。

「あれ、佐中さん暑い？　俺の部屋、扇風機しかないからさ」

「あ、そうじゃないの！　でも、うぅ……これはもう、気のせいじゃないよね？」

花柄パジャマの胸あたりを苦しそうに手で押さえてる。そ、そんな脱ぎたくなるほど暑いのか？　きょうは夏の夜にしては涼しいと思ったのに。

「待ってて佐中さん。すぐに窓開けるから」

「い、いま優しくされるとやばいよ……！　わ、わーユキ君、また明日ね！」

バタン！

あれ。親切で言ったのに、佐中さんは焦《あせ》ったように出ていった。窓を開けたから、風のせいでドアが強く閉まったのかな。

きっとそうだ。そうに違いない。だって、褒められ慣れてるはずの佐中さんが――

単に「俺の褒め言葉に照れて出ていった」なんて事態は、起こるはずないんだから。

4　佐中さんはけっこー演技派

住み心地がいいのが問題だった。

犬耳のメイドさんが我が家で働きはじめてから1週間。黒澤家の生活水準は、まちがいなく上昇している。

彼女の料理の腕前は、驚くべき速度で日に日に上がっていた。家事全般の腕もそうだ。現に、いま俺が居る共有スペースの掃除は、ばっちりと行き届いている。

「ふぃー、網戸掃除って楽しいかも。おりゃおりゃ、もっと綺麗《きれい》になっちゃえー」

メラミンスポンジをごしごし擦《こす》りつけている佐中さんは、午後の日差しを受けながら、満足げな声を漏らしていた。

いや、網戸掃除って、マジで死ぬッほど暇なときにやる事じゃない？

俺は彼女のメイド業務を（不本意ながら）サポートしている。彼女が料理を作れば皿を出して盛り付けるし、彼女が掃除をしていればなにか手伝えるかと訊く。

それが俺程度にできる「最低限の家事」ってやつだ。

しかし、いま佐中さんがやってるのは、その最低限の範囲をゆうに超えている。

「いいよ、そんなところまで掃除しなくても。佐中さん頑張り過ぎだって。無理しないで休憩したら？」

ソファの上でソシャゲをやってるだけの怠惰な俺は、見かねて声を掛けた。そこまでメイド業務に打ち込む必要はない。本当にない。

「ありがとうユキ君、でも、わたし楽しくてやってるだけだから！　どうかお構いなくー」

「ああ、そうなんだ……」

そう意思表明されては口の出しようもない。俺は、日増しに綺麗になっていく黒澤家のリビングを眺めるしかなかった。

この状況は非常にまずい。

このまま生活の質を、佐中さんのメイドスキルと共に上昇させられていったら――彼女が帰ったときに困る。一度上げた水準が下がるのは苦痛だ。

まずはどうにかして、彼女のメイド業務をやめさせる必要があった。しかし、どうしたもんかなぁ。

「やっべー。外はあちいし渾身《こんしん》のネタは出ないし寝てないし、やべーしやべー……」

リビングに入ってきたのは、目の下に凄いクマを作っている姉だった。佐中さんに遠慮してか、さすがに下着姿ではないけれど、汗が凄かった。

「うわ、ゾンビが来たと思ったらひじ姉だった。どうしたの、今月そんなヤバいの」

「まあな……片方の連載はなんとか大丈夫。問題は4コマ漫画の連載。展開が浮かばなくてつらい。ネタが枯渇《こかつ》してんだよ。死にてー……」

「し、死にたいなんてよくないですよ聖《ひじり》さんっ。あ、わたしストレートティー作りますね。美味しい淹《い》れ方を調べたんです！　まずは涼もう涼もうー」

気が利《き》くメイドさんが掃除を中断し、ぱたぱたとリビングの方へ走っていった。

「アリサちゃんの存在は助かるな。それはそれとして、原稿やべーのに変わりはないが」

ソファに寝転ぶ俺のことを無視して、どかっと座ったひじ姉は、なおも「やべーやべー」と連呼していた。

「あのさ。弟を尻に敷いてなんとも思ってない姉の方がやばいよ。だいたいそんなにヤバいなら、月間連載を一本に絞ればいいのに」

というのは凡人の発想なんだろうか。

「ユキのおっしゃる通りだよ。けど、待ってくれてる読者が居るからな。私はその期待に応えたいワケ。……居るよな？」

「え、知らないよ。居るんじゃないの。2年前にアニメ化して、それからも連載は続いてるわけだし」

ひじ姉はそうかねぇ、とアンニュイな反応をした。ここ数ヶ月、常にスランプ気味なご様子だ。大変そうだなぁ。

それから10分程のしかかられて、身内の尻に潰されそうになっていた頃。佐中さんがお盆に、3つのコップを載っけてきた。大量の氷が入っているそれは、外側に水滴をいっぱい付けている。

「おまちどおさまー。さあ、飲んじゃってー、飲んじゃってー」

「あ、頼んでないのに俺の分まで……ありがとう佐中さん」

「えへへ、良いってことだよー。わたし、大切な人のために何かしてる時間が好きなんだって気づいたんだー。あっ、犬耳メイドが天職なのかも？」

「そんな可能性はないと思う」

きっぱりと否定しておいた。「えー！」と、佐中さんはおどけたショックの反応だ。そんなやり取りの様子を、俺に乗っかるのをやめたひじ姉が観察する眼《め》で見ていた。

「はン、なるほどねー。そういう路線もありか——あんさ、ふたりのどっちかに後でおつかい頼みたいんだけど」

「えっ。こんな太陽の照りつける中？」

「そう、私は暑いから出たくない。お釣りはあげるから、本屋までちょっくら行ってきて。ラブコメ漫画を何冊か買ってきてほしい。若いセンスに任せたいの」

「はいはーい！　おつかいこそ、新人メイドにおまかせあれだよー」

佐中さんが勢いよく手をあげて立候補する。また、彼女の不必要な仕事が増えてしまう。段々と、犬耳メイドの存在が、黒澤家のなかで大きくなっていく――

ダメだ。こういう俺にも出来そうな仕事は、積極的に奪っていかないと！

「はいはいはいはいはいはい！　ひじ姉さぁ、お使いといったら俺だから！　犬耳メイド？　とかいう新参に任せるなんて残念だな。俺こそが適任者だよ！」

「す、すげぇ必死じゃん……あんた、そこまで行きたかったの」

「そ、そんなに行きたいなら、ご主人様の意向にしたがうよー」

「………」

この暑い中、進んでおつかいの仕事を奪おうとする変なやつになってしまった。

果たして、これは俺のいつもの夏休みと言えるんだろうか……？

◆

駅近くの本屋は、夏休みの平日ということもあり、学生らしい年齢の男女がちらほらと見受けられた。

人気上昇中の話題作だというラブコメ漫画を数冊見繕って、俺は店内を歩く。

せっかくだし、姉の漫画の売れ行きでも見に行こうと思った。新刊がこないだ出たんだって。さてさて、可愛《かわい》い4コマ漫画のコーナーはっと……

「おー？　雪人発見〜」

「うわっ」

背後から名前を呼ばれて、反射的に肩が上がった。

振り返ってみれば、大人びた格好のおしゃれさん——隣の席の嶋寧々花《しまねねか》さんだ。高校生とは思えないモデルのような出《い》で立ちで、人懐《ひとなつ》っこい笑みを浮かべている。

「だ、誰かと思ったら……嶋さんか」

「やっほやっほ、お疲れ様。やー本屋で遭うなんてグーゼンだね。そっちはどうよ、サマーバケーション楽しんでる？」

「不測の事態は起きてるけど、いまのところはなんとか。嶋さんは……その調子だと、楽しんでそうだな？」

「まーね。昨日もいつメンとショップ行って、新しい水着買っちゃったし」

「へえ、いいじゃん。俺は基本インドア派だから、そういう体験は予定にないな」

「やー、もったいないよ、夏は外出てなんぼっしょー。あーでもウチに合う柄の水着、セール対象じゃなくてさ～。それ買ったから財布ヤバい。なのに、暇つぶしで本屋来てみたら、欲しいのいっぱいでさらにヤバ。バイト増やさなきゃ破産だわ～」

そう喋《しゃべ》る嶋さんの手元には、ファッション誌やらメイク本やらがちらほらと窺《うかが》える。女の子って努力してるんだなぁ（よく知らない）。

「既にけっこう抱えてるけど、このへんにまだ欲しいのがあるんだ？」

「そそ、漫画の新刊見に来たんだー。ウチ、フワフワしててかわゆい絵柄って昔から好きなんよね。あ、これなんか1年ぶりに新刊出てんじゃん」

彼女が手に取ったのは、見覚えしかない大判のコミックスだった。

「やー、色遣いビビッドでまじかわいいな。この表紙デザイン最高。内容もほんわかしてて、たまに笑えて超良いんだぁ。天才の漫画！　雪人にもおすすめしとくよ。なんなら既刊貸そっか？」

「間に合ってる。すでにその漫画好きだし。姉ちゃんが描いてるからいつでも読めるし」

「雪人、その冗談はビミョーだね～。これ読んでジョークの勉強？　した方がいいよ」

手の甲で表紙を、ぱしぱし、と小突いている嶋さん。まるで信じられてなかった。

「本当だよ。いま俺が持ってる漫画本だって、姉に資料として買ってこいって頼まれたモノなんだから」

「え～？　まだその設定続ける気かよー。ってかあのガチで言ってる？　それ」

俺が愛想笑《あいそわら》いも照れ笑いもしなかったのを、嶋さんは見逃さなかった。お互いに冗談じゃないトーンだ。

「うん。今日もいつもどおりネタ出しで苦しんでた。見慣れた光景だったよ」

「はーマジかあ。この作者の『ヨモギ坂《ざか》』ってひと、存在するんだな～」

姉のペンネームを見つめて、感慨深くつぶやく嶋さん。

……これはチャンスかもしれない、と思った。

「嶋さん、この後って予定あるかな」

「え？　ウチはとくにないけど。どしたん急に」

「いや、もしよかったらさ、家に来ないかなって。ここから歩いて来れる距離だし」

「……待って待って。ウチ、もしかしておうちデート誘われてる？　やー、そういうのはもっと親密になってからじゃないと無理かなあ」

「ち、違う。そういうんじゃないからな」

とはいえ、理由を説明しないとそう取られてしまうだろう。俺は咳払《せきばら》いをひとつする。

「ついさっきの事なんだけど……例の姉がスランプ気味でさ、『ファンはまだ居るのか』って不安になってたんだ。それで、もしよかったら生の読者の声を聞かせてあげたくて」

俺のフツーの高校生活は、姉の働きによって成り立っている。

力になりたかったんだ。ファンとの生での交流が、スランプ脱却を招くかもしれない。

「あ～。そゆことだったら行きたいかも。うん、マジ行きたい！　サイン欲しいし、握手もしてもらいたい」

「決まりだな。それじゃ、俺は家に居る姉に連絡を――」

家、と口に出したところで思い出した。

そうだった。我が家にはいま、俺以外の居候《いそうろう》がいるじゃないか。

メイドさんで、犬耳を付けた――学園一の知名度を誇るクラスメイトが。

「…………」

そんな特別な子と同棲《どうせい》しているなんて知られたら、もう、俺なりの夏休みを送るどころじゃない。噂《うわさ》でも出回れば、まともに高校生活も送れない可能性がある。

ゾッとしない話だった。常識のまなざしは、いつだって俺たちを監視してるんだ。同棲のことが周囲にバレる未来だけは、なんとかして回避しないと……！

「どしたん雪人、固まっちゃって。いきなり雪像と化したん？」

「ハハハ、名前とか掛かった面白い冗談だな。ところでちょっとだけメッセージを入れていいかなすぐに終わる連絡だから」

「もち良《い》いけど～……え、早口すっご。いきなしめっちゃ焦《あせ》ってない？　あはは、もしかして家に彼女が居たりして～」

「そ、そそそんな事実はないけども」

メイドなら居ます。半端に当たってるから動揺してしまった。楽しそうに訝《いぶか》しむ嶋さんにはバレないよう、俺は急いでメッセージを送った。

『これからクラスメイトが家に来るから、バレないように1～2時間ほど、頼む』

『わかったよ！』

佐中さんからすぐに返事が来た。

物分かりの良い彼女のことだ。こう送れば、普通に考えて分かってくれるはず。

同級生とは遭遇しないように、しばらく家の外に出ててもらおう。

◆

エレベーターを降りて、俺は客人を先導する。

歩きながら嶋さんは、廊下の窓から見える景色に目を輝かせていた。

「すっごいイイ眺めじゃーん。お姉さんってまだ若いんでしょ? それでこんな高層マンションに住めるなんて。売れてる漫画家って夢あるんだね〜」

「ああ、いや、ちょっと無理して住んでるらしいよ。金遣いが荒いところだけは玉に瑕《きず》……っと。着いた着いた」

この数ヶ月で見慣れてきた、シックな『黒澤』の表札。

俺は慣れた手付きで二重ロックの鍵を開けて、中へ入る——

「おかえりなさいませ、雪人様」

入らずにドアを閉じた。居るはずのないメイドの幻影が見えたからだ。

「あっれ、入んないの雪人。ちゅーか今、めっちゃ可愛い子に様付けされてなかった?」

「さ、されてたかな。まっとうに考えて幻影かもよ。てか悪いけどここで待ってて」

客人に断りを入れて、俺は一足先に玄関へと入った。

「……？　お客様はどうしたのでしょう？」

　不思議そうな顔でキョトンとする佐中さんは、いつもと様子が違う。金髪のウィッグと、顔を隠す大きな伊達《だて》眼鏡を装備していた。俺は小声で詰め寄る。

「な、なに考えてるの佐中さん。メッセ入れたよな、どうして家にいるんだ？」

「えーっ。バレないように頼むって言われたから、聖《ひじり》さんに手伝ってもらって変装したんだよ。ほら、別人みたいでしょう？」

　たしかに、米国人の父親を持つ彼女のことだ。金髪になれば、まるでどこかの街の外国人かのよう――いや、いくら異文化でも、犬耳つけてる通行人なんて居ないよ。

「絶対バレるって……！　君ね、自覚あるのか知らないけど、学校でも有名人なんだから。その顔だけで割れちゃうよ」

「はー、ユキ君は心配性だなぁ。だいじょうぶ、安心してよ。わたし演技には自信があるの――ありますわ、雪人様」

　自信ありげな微笑《ほほえ》みから一転、きりりと整った真剣な表情だ。

　眦《まなじり》をすこし細めて、優雅で気品のある態度。落ち着き払ったその声は、まるで本職のメイドさんみたいだった（衣装の安っぽさ以外は）。

「し、信じていいんだよな……？　あの佐中さんがメイドとして住み込みで働いてるなんてバレたら、噂になって、いろいろ大変なことになるぞ……！」

「大丈夫です。わたくしにお任せくださいまし。クラスの方にはバレないまま、黒澤家のメイドとして来客をもてなすという本懐を遂げてみせます。ばっちこいですわ。朝飯前でございます」

「演技プランの詰めが甘い……！」

不安しかないぞ……！

とはいえ、佐中さんの覚悟は決まってそうだ。冷たい微笑のまま、サムズアップをしている。いや、べつに安心できないよ？　危なっかしいこと考えるよなぁこの子！

こうなったら、俺も佐中さんのフォローに努めるしかなくなった。

どうにかして嶋さんに、この謎のメイドさんの正体を隠さないといけない。

……打ち合わせもしてないのに、行けるのか？

◆

ひじ姉はバルコニーで瞑想《めいそう》をしていた。日光を避けるパラソルの下、白いマットに座禅して目をつぶっている。

「私に来客？　ちょい待たせといてもらえる。今、ガチでなんか降りてきそうなんだわ……天からの贈り物が」

深い瞑想状態に入っていくひじ姉だった。これはしばらく掛かりそうだな。俺はリビングへと戻った。

で、問題は――

「ちょいちょーい、まずはこのメイドさんの紹介してよ！　てかクオリティがヤバい、もう写真集とかから飛び出してきてんじゃん。マジどういうことっ？」

ソファに座ることもせず盛り上がっている嶋《しま》さんだった。

当のメイドさんは銀色の丸盆を持ったまま、落ち着いた微笑みで待機している。

……今のところは、彼女が佐中さんだと気づかれてないみたいだ。あの堂々とした振舞いと変装が、効果を発揮してるのかもしれない。

「ええと、この人は……あの、自己紹介してもらっていいですかね」

「かしこまりました」

演技プランを知らないから、当人に丸投げするしかなかった。

「わたくしは、この黒澤家にて通いでメイド業務をおこなっているメアリーと申します。本日は、お客様のおもてなしを担当させていただきます」

「うわーマジか！　すっご！　男友達の家に来たらメイドカフェだった件だ。えーこれ写真撮ってもらっていいんかな。ウチ、一枚欲しいんだけど」

「そ、そういうのはサービスの範囲外だから。やめとこうか」

設定に乗って、嶋さんにストップを掛けつつも――俺は感心していた。

ぶっつけ本番での演技だというのに、佐中さんは汗のひとつも掻《か》いていない。

なんだ、俺のフォローなんて要らないんじゃない？　この子、なんでも出来るんだなぁ。

「てゆーか、メアリーさんって外国の方ですよね。どこの出身なんですか？」

「ええ、本籍はイギリスですわ。メイド業務は、留学中の家事代行サービスの一環として行っております」

訂正・本籍は日米の二重国籍だし、メイド業務は家出中の暇つぶしとして行ってる。

「日本語ちょーうまい、肌もマジ綺麗《きれい》でやばい、衣装も声もかわいいし！　……でもなんでワンちゃんの耳付けてんですか？」

テンションを上げながら近寄っていく嶋さんだったが、強烈な存在感を放っているアクセサリーに違和感を示した。

「そ、そ、それはー……」

言葉に詰まるメアリーさん（佐中さん）。いやそこ真っ先に考えとくべきじゃない？

謎に詰めが甘かった。危なっかしいなぁ。結局、俺はフォローに入らざるを得なかった。

「雇い主である姉の指示だよ。犬耳付けてるところが常に見たいんだって。ほら、あのひと漫画家だから」

「なるほー？　常人とは発想が違うねぇ。ウチならもっと、メアリーさんの素材を活《い》かす方向にしてたケド」

納得する嶋さんだった。「漫画家＝変わった行動をする」というステレオイメージで、なんとか誤魔化せたぞ（全国の漫画家さんごめんなさい）。

「てかさぁ雪人。メアリーさんの可愛《かわい》さっぷり、ちょっとアリサに似すぎてない？」

まったく誤魔化せてなかった！　思いっきり怪しまれてるぞ……！

あぁ、こうなったらもう、全力で知らばっくれるしかない！

「ん？　そうか？　言われてみればそうかもな。でも、あの人気者の佐中さんがこんなコス紛《まが》いのメイドの格好して、俺の家で働いてるはずないよなぁ」

「あはは、確かにそーだ。ウチの勘違いか。……でも、やっぱ気になるな～」

一度抱いた違和感はつきまとうものだ。近距離まで迫った嶋さんは、メイドさんのことを遠慮なく見つめだした。

「そ、そうも観察されては……こ、困ってしまいます」

佐中さんも顔をなんとか観察されないようにと、半分だけそっぽを向いていた。いくら変装してるって言ったって、そのクオリティは高くない。演技による説得力で、なんとか成り立ってるようなものだった。

必死に抵抗しているけど――このままじゃ、間違いなくバレる。

「……あー、メアリーさん、アレだ。ちゃんとメイドっぽい対応とかしてほしいです」

我ながら雑なフォローだった。

「……！　ええ、かしこまりました。いま冷たいお茶をお淹《い》れしますわ、少々お待ちくださいませ」

ささっとキッチンへ移動したメイドさんは、流麗な所作で、先ほども淹れてくれたストレートティーを用意しはじめた。

その動きに淀《よど》みはない。どこにどの道具があるのかを把握し、的確に動いている様子だった。ただのヤカンすらも、一流の道具のように見える振る舞い。

嶋さんも「はぇー」と感心している様子だ。

「仕事の速さすっご。マジのメイドさんじゃーん」

「そうだな……」

俺も同じく驚いている。佐中さん、もうマジのメイドさんじゃーん（恐怖）

背中を押して辞めさせるとか、すでに無理なのでは？

「あれはシロウトの動きじゃないねぇ。アリサ、家事しないって前ゆってたし、他人の空似だった。やばい失礼しちゃったかも」

「メアリーさんは気にしてないと思うよ」

「そうかなー」

嘘《うそ》だった。佐中さんの表情はクール貫いてたけど、内心ではホッと一息ついてるに違いない。正面から怪しまれてたしなぁ。

結果的にはなんとか誤魔化せたけど、まだまだ油断出来そうにはなかった。

◆

姉の仕事部屋は今日も今日とて散らかっていた。

巨大な本棚には所狭しと資料本が並んでいる。机の上には巨大な液晶タブレット。デッサン人形・モデルガン。左手デバイスや、七色に光るキーボード。

テーブルにはお菓子の空き袋や、栄養ドリンクの瓶がちらほら。そして自作品のグッズの見本品の数々――とにかく物が多い。規則性はなく、乱雑としている。

「ココでこの可愛い漫画が生み出されてるんだよね。はー、なんか感動だわウチ……」

じぃんと来てるらしい嶋さんが、最新コミックスを抱きかかえた。

「喜んでいただけたようで、なによりですわ」

メアリーさんが頷《うなず》く。

ただ姉が来るのを待つだけだと、ボロが出て正体に気づかれそうだった。そこで、彼女が職場見学を提案したんだ（瞑想中のひじ姉の許可も取れた）。

「あ、このフィギュア、色遣いかわいい～。でも周りのキャラのデザインがばらばらだ。ウチそんな詳しくないケド、こういうのって作品ごとにまとめるんじゃない？」

「どうなんだろう。人によるんじゃないかな」

真相はひじ姉がズボラなだけだった。買うだけ買って、置いたら満足するタイプ。

「それにホコリ被《かぶ》っちゃってるし……メアリーさん！　ウチ的には、ここも掃除してあげてほしいです！」

「しょ、承知いたしました。わたくしの管理が行き届いておらず……お客様にご指摘させてしまい、たいへん申し訳ございません」

ささっと頭を下げるメイドさん。

「うー……」

そして聞こえない音量でうなった。素で悔しそうにしてた。彼女はまだ、個人の部屋の掃除は任されてないんだ。だから、姉の部屋は結構ホコリっぽくて――

「……へぁ、へぁ、っくち！」

可愛くも勢いのあるくしゃみが、頭を下げたままのメイドさんから出てきた。

そして偽りの金髪がズレた。ウィッグネットの固定がうまくいってなかったんだ。綺麗な茶髪がこんにちはしてる。

「おっ。こんなところに読みたかった雑誌が落ちてら」

とっさに移動した俺は、彼女の頭部を瞬時に隠しながら、メイドさんを壁際《かべぎわ》に寄せていった。

『壁になるから、早く直して……！』

『わ、わかった……！』

唇の動きだけでやりとりする。少しでも茶色い地毛を見られては、佐中さんだとバレてしまう。図らずも密着する形になってしまった。

嶋さんはまだ、フィギュアの棚を物珍しそうに見ている。いつ振り向くかも分からない緊張状態だ。

背後では、もぞもぞと動く佐中さんの感触。気のせいでなければ、何箇所かにやわらかい感触がある。

「ふふっ」

背後でちいさく笑っていた。この危機的状況を楽しんでる場合か！　そんなに時間の掛かる行為なのかな。早くしてくれないと、その、色々と困るぞ……！

「いやー、堪能《たんのう》したぁ」

ついに嶋さんが振り返ってしまった。

「……え、どーゆー状況？　なんで壁際にメアリーさん押し込んでんの……!?」

目と目が合ってすぐに驚愕《きょうがく》された。そりゃそうだ。クラスメイトがいきなり外国人メイドと密着してたら、俺だって驚くと思う。

「違うんだ嶋さん。これは、その、えっと……」

「誤解を招くような体勢で申し訳ございません。わたくしのくしゃみが雪人様の背中に掛かってしまいました故、清潔さを保つべく拭いていたのです」

すまし顔の佐中さんが、もっともらしい言い訳とともに俺の背後から出てきた。

すでに演技を再開してる。金髪ウィッグのズレは整えられていた。

「うっわ……雪人、そういう処理までメアリーさんにやらせてるん？　仲良しかよ。仲良し越えてガチご主人様じゃんか。ちょい引く～」

「そ、そういう関係じゃないから。俺は普通だから。ちょ、嶋《しま》さん引かないで！」

「うふふっ、仲良し越えて主従関係だなんて。そんな。ふふっ。えへへ」

「照れてないで弁解するとかしてほしい……！」

最後の笑い方は素が出ていた。佐中さんも、俺と仲良く見られた程度のことで、気を緩めないで……！

嶋さんはまだ、仮面のほころびには気づいてなかったみたいだけど——

もうそろそろ、限界が来そうだった。

◆

姉のネタ出しにはまだ時間が掛かるみたいだった。

「いま最高の構成が脳内でレーシングカーよろしく駆け巡ってんだわ……風だ、風がキテル……悪《わり》ぃ、まだ練りたい。もうちょっとだけ待っててもらえるか」

苦悶《くもん》の表情で座禅を続けるひじ姉だった。

仕方なく、俺はリビングへと戻る。

「ごめん嶋さん、もう少しだって。まだ待っててもらうことって出来るかな」

「急な訪問だかんねー。来てからまだ20分も経《た》ってないし、年始の福袋並ぶのとかで待つのは慣れてるから。ウチは平気だよ。ヨユーヨユー」

ピースピース。嶋さんは不満なんか漏らさずに、チョキを開け締めして笑顔をつくった。クラスでも友達が多いだけあってか、彼女は場の雰囲気づくりが上手《うま》かった。

「そ、れ、にー。待ってる間は、メアリーさんと喋《しゃべ》ってればいいもんね！」

「ええ。わたくしでよければ喜んでお相手いたします」

メイドさんが伊達《だて》眼鏡のテンプルを指でつまんで、くいっと持ち上げた。クールな顔して乗り気らしい。ボロが出そうだから乗らないでほしいなぁと思った。

「そうだ。ウチ、相談に乗ってほしいことがあるんです」

「はい。なんでしょう」

「実はウチらのクラスに、メアリーさんと雰囲気似てる、アリサって子が居るんですよ」

「……⁉」

聞いてて思わずドキリとした。まさか、カマをかけられてる、のか……？

対応している佐中さんの表情にも、一瞬の焦《あせ》りが窺《うかが》えた。

「そ、そうなのですか。それで、その方がどうなさったのでしょうか」

「あー、ま。その子、すっごい可愛くて。スペックってゆーの？　全体的にすごくて。も、めっちゃ注目されてんすけど、どうにもすごすぎるから、微妙に浮いちゃってる感じで。ウチ的には助けてあげたいんだけど、本人はべつに馴染《なじ》むのとか、仲良しするのとか、そこまで望んでるんじゃないっぽいんス。ちょい手助けしにくいってゆーか。ウチも仲良くなりきれないってゆーか？」

俺には気付けなかった佐中さんの抱えてる危うさ、それを嶋さんは知っていたんだ。

まあ、いま相談してる相手、その危うい本人なんだけどね。

「そ、それは……その方も大変なのでしょうね、ええ、その、はい……」

メアリーさんが佐中さんを気遣っていた（どういうことだ）。

演技の姿勢を崩さないとはいえ、流石《さすが》に本人は気まずそうだ。

しかし、こほんと咳払《せきばら》いをして、メイドは真剣なまなざしを向ける。

「ですが、寧々花《ねねか》様に仲良くしようと誘われて、悪い気を起こすひとはそう居ないと思います。その、アリサさん？　という方も、素直になれないだけで、心の中では嬉《うれ》しがっていて、仲良くしたいと思っているのかも知れませんね」

「そーなんですかねー」

「ええ。きっと」

本人が言うならそうなんだろうね。

「んじゃ、夏休みが明けたら、もっと積極的に喋りかけちゃおーっと。メアリーさんありがとうございまーす」

夏休み明け。そんな先の話じゃなくても、今すぐふたりは仲良くなれるはずだった。

だというのに、メアリーさんの仮面と常識のまなざしが、その邪魔をしてる。

もどかしいなぁ……まあ、今から俺が「実はこのひと佐中さんでーす！」と明かして、ドッキリ大成功の展開はありえないんだけどさ。

「そだ。メアリーさん、もしよかったらなんですけど〜」

「？　はい。なんでしょう？」

「そのアリサって娘《こ》の真似《まね》しながら、ウチと喋ってくれませんか？　会話のシミュレーションってゆうか、慣らしておきたくて！」

「ど、どういうお願いなんだそれは……」

そんなことをすれば、一発で金髪の魔法が解けてしまうに違いなかった。

「や、ウチ的にも、アリサと喋る時はやや緊張しちゃうし。練習ってゆーか、暇潰し？」

「得心いきました。えーと、断る理由が……ございませんわね」

メイドさんが流されていた。いやここは踏ん張ろうよ。俺が割って入る理由も普通に見当たらないよ。手助けができなかった。

どうしよう。嶋さんは「こういう口調の子で〜」と本人に説明をしている。

俺はただ、ハラハラしながら見守ることしかできなかった。そのとき——

「っしゃあ。構想出来たぁ！」

ほくほく顔で、やっと本来の主役であるひじ姉がやってきたのだった。

「よ、ヨモギ坂さん！　初めまして！　ウチ、ファンなんです！」

そして嶋さんの注目は、あっという間にそちらへ移り変わった。た、助かった……

◆

バルコニーから見える夜景を、犬耳メイドさんとふたりして眺める。

「おもてなしは大成功だったね！」

「大波乱の間違いだな……」

「やだなぁユキ君、家主さんと客人さんが盛り上がってたじゃない？　メイドとしては、このうえない成功だったよー」

あの後は、サインを貰《もら》ったり握手を交わしたり作品について語り合ったりして、嶋さんと姉はすっかり意気投合していた（ふたりは個人的に連絡先を交換していたほどだ）。

客の帰ったあとの黒澤家は、一抹の寂しさが漂ってる。それを避けるためにバルコニーでぼうっとしていたら、すっかり通常営業に戻った犬耳メイドさんが来たんだ。

「佐中さん、さっきのことだけど」

「なぁに？　あ、ご主人様からのお褒めタイムだったり？」

「いや非難。どうして外に出てなかったのかなって。客間に籠もっててもよかったし」

「あ、あはは――ええ、確かにそのとおりですが、結果的には問題なかったでしょう？」

困り笑いから一転して、きりりとした表情だ。

「メアリーさんいいから。金髪も眼鏡もないと、ただのキメ顔敬語の佐中さんだから」

「あはは。たしかにー」

そしてけっきょく楽しそうに笑う。ころころ変わる彼女の表情。学校では見られないバリエーション。すっかり毒抜きされてしまった。叱るってのもなんか違う。元々俺はそんな立場になかった。

「ユキ君が同棲《どうせい》バレしたくないのはわかってたよ。けど、わたしはメイドとしての仕事をまっとうしなきゃいけなかったし……それにね、演技にはけっこー自信あったから、いけると思ったの！　だいじょーぶ、いざとなったらこの方法でバレないよ！」

「バレるよ。来客のたびに危ない橋を渡らなきゃいけなくなるから、今後は封印な」

「え〜」

思いっきり残念がっていた。絶対さっきまでの状況を楽しんでたよね君。

「まあ、言いたいことは色々あるけど……頑張ってくれてさんきゅ。バレずに済んだ」

「……！　えへ。えへへー。どういたしましてだよー」

「ほ、褒めてないからな？」

「わかってる。うん、次はもっと安全な方法をとるね。修正なら任せてよ！」

今回の仕事っぷりをねぎらったら、次回の話をされてしまった。

この子、いつまで黒澤家で働くつもりなんだろう……？


「そういえばさ」

夜景を眺める佐中さんに、俺はひとつ訊《き》いてみたいことがあった。

「その演技の腕は、どこでどうやって身につけたんだ？　劇団にでも入ってたの」

「違うよー。家で暇なときはパパの映画を観《み》たりするんだけど。そのうち女優さんの演技のコツみたいなのが分かってきてね。何回か練習したら習得できたー」

「何回か……？」

プロに比べれば見劣りするとはいえ、そんな一朝一夕で身につけられる技術だったか？

「佐中さん、演技のコツが分かるくらい観たんだ。お父さんの映画好きすぎじゃん。もしかして広義のファザコン？」

「わーっ、よくないよ、ユキ君そういう弄《いじ》りよくない！　ふぁ、ファザコンじゃないからね！」

「え。なにその図星みたいな反応。ま、まさか、本当に……？」

「ちがうって言ってるよ！　ユキ君にだけは、そういう勘違いしてほしくなかったな！　罰として、あしたの晩御飯はデザート抜きだよ。もうっ」

怒ってバルコニーを去っていく佐中さん。俺はごめんごめんと追いかけた。

なんでだろう、意地悪な反応をしてしまった自覚だけが、心にべったり残ってる。

これは嫉妬……？　いや、そういうのとも違う気がする。

なんだろう、この焦燥感にも似たモヤつきは。

その日は寝つけなくて、次の日になっても、この正体不明の霧は晴れないままだった。

5　夏の夜はヒミツの散歩に適してる

携帯型ゲーム機の利点は、場所に縛られずにプレイ出来ることだと思う。

俺の部屋にクーラーはついてない。だから、蒸し暑い夜にはこうして、リビングで寝転がって遊ぶんだけど――

「わぁ、すごいね！　最近のゲームってこうなってるんだ。生で見ると画面ちっちゃーい、なのに綺麗《きれい》。はー、わたしが小学生の頃から進化してる」

本日は見学者がいた。お風呂上《ふろあ》がりの佐中さんだ。ソファの後ろから、俺の両肩に手を置いて、ぐいっと身を乗り出して画面を見てる。

「ちょ、いきなり近いな……肩に手を置かれると操作がブレる。離れて離れて」

「えー？　ユキ君なら、わたしが居てもプレイ出来るって。がんばれがんばれだー」

「離れる気がゼロ！」

「あっはは、ご主人様の命令でも聞けなーい。今はオフ時間だもの」

いまの佐中さんはメイド服を着てない。花柄のパジャマ姿だった。姉専用のシャンプーの香りが鼻孔をくすぐる。柑橘《かんきつ》系の、甘ったるくない香りがした。

両肩には、乗せられている手の重み。そのせいで、左胸の辺りがうるさかった。

こういう物理的な距離の近さを危惧してたんだよ。ああ落ち着かないなぁ。

「もうそろそろフツーに離れようか。これはクラスメイトとして言ってるからね俺」

「えー。気になるのに。ぶーぶー」

ブーイングしながら、拗《す》ねた顔の佐中さんが離れていく。

肩に乗っかる感触が消える。残り香だけになった。彼女はタオルを肩に掛けたまま、クーラーの下へと涼みに行く。

「……………」

これっぽっちも名残惜しいなんて思ってないよ。

そう、断じてない。


テレビの前に正座する同級生が笑い声をあげた。

「あはは、見て見てユキ君、この芸人さんタバスコ一気に飲んでる！　ぜったい辛《から》いよねこんなの」

「本当だ。辛そうな声してるね」

「もお、見てないじゃんテレビ。ゲーム中断して、こっち見ようよー」

はいはいの要領で近付いてきた佐中さんに、Tシャツの袖を引っ張られていた。

「い、今は手が離せないから」

べつに見たっていいんだけども。なんでか俺は意固地になってしまっていた。

2日前、嶋《しま》さんが来た日の夜に感じたモヤモヤが、こびりついて取れてない。

「はぁ……面白い光景のはずなのに、なんのインスピレーションにもならねぇ……」

そのとき、食卓テーブルの方から嘆きが聞こえてきた。

缶チューハイ片手のひじ姉が、頬杖《ほおづえ》ついてこっちを観察してる。俺は質問した。

「あれ、まだ悩んでるの。こないだ構成とやらが出来たんじゃないの？」

「そりゃ骨組み。いま悩んでるのは、中身の方の4コマ漫画。プロットの流れに合わせて、15本の起承転結をうまく配置しねーといけないの」

「聖《ひじり》さーん、それって本数多いんですかー？」

「多くないけど難易度が高い。今回の原稿には慣れねぇ恋愛要素をぶちこんだから、なおのことダッルい。もうだめだ、〆切《しめきり》は落とす。私は、酒に溺れる……」

「こら。終わってる宣言しないの」

俺のお叱りなんて気にもせず、ひじ姉はぐびりと酒を呷《あお》った。

嶋さんという女子高生ファンの声を聞いて、やる気を出したと思ったらもうこれだ。

この様子だと俺が相手してあげなきゃいけないかな。そう思って姉の向かいに座った。

「なつかしいなー、パパも制作に行き詰まったらおんなじ風に悩んでたよー」

そしたらテレビ視聴を中断した佐中さんも食卓に座った。

「へー、アリサちゃんの親御さんも？　はあ。続けて」

「はい！　ラブコメ映画を考えてた時期があったんですけど、中々アイディアがまとまらなかったみたいで——」

「はーん、映画……つうか何、アリサちゃんの父親って業界のひとなの？」

「それ俺言わなかったっけ。ハリウッドで活動してる世界的な監督だよ」

「まったく聞いてねーよ……お父さんの名前教えてもらっていい？」

「フレッド・ホールっていうんですよー」

ブゥゥー！　瞬間、ひじ姉が口に含んでたチューハイを吹き出した。向かいに座ってた俺にすべて掛かる。生ぬるくて最悪だなぁと思った。

「わ、わーっ、だいじょうぶ⁉　すぐに拭くもの持ってくるから！」

「オフ時間なのにごめん佐中さん……いや、そこまで驚愕《きょうがく》することかよひじ姉」

「す、するわ！　フレッド・ホール作品っていったら、私も学生時代何本か観てた。そんなデケえ相手とは知らずに、娘さん預かるとか偉そうなこと言ってたんだぞ？　知ってたら説得なんて出来てなかったっつの！」

「あはは、それなら知られてなくてよかったかも？　はいユキ君、タオルだよ」

「おお、どうも」

……って、素直に受け取ってどうする。

「どういたしまして、えへへ」

整った顔をほころばせる佐中さん。お礼を言うたびにこの反応だ。かわいい、じゃなくて、俺はもっと気を引き締めないといけなかった。

「いやー、衝撃の事実に取り乱したわ。そいで？　監督のお父さんがなんだって？」

「あ、はい！　パパもラブコメの制作に悩んでたんですけど、そんなときはママと恋愛映画を観まくったそうなんです。わたしも、膝上で観てたなーって思い出して……そうだ、今から観てみませんか、パパの恋愛映画っ」

「え、今から？」

俺は卓上のデジタル時計に目を向ける。まだ22時を過ぎたくらいだ。レイトショーだと思えば、健全な催しの範疇《はんちゅう》だろうか。

「パパのラブストーリーは、娘でもきゅんと来るからね。どうでしょう、息抜きに！」

「アリサちゃん、それ名案だわ。いいじゃん鑑賞会、やろやろ」

盛りあがりを見せる女子陣だった。

「俺は不参加で」

そして興味を示さない男子だった。まだ直近の謎のモヤモヤが残ってるんだ。こんな心の状態で、パパさんの（それも恋愛モノの）映画は観たくない。

「えー！　なんでなんで？　絶対に楽しいよ、いっしょに観ようよー！」

立ち上がった佐中さんに肩を持たれて、右に左にぐわんぐわん。

「な、何回揺すられても、今は気分じゃないんだ。パス。パスだからもう揺すらないで佐中さん！　俺は袋に引っかかった最後の一粒じゃない……！」

「さらに揺すれば鑑賞会にころっと出てくるかもしれないぜ。いけいけアリサちゃん。あとひと押しだ」

「分っかりました！　観ようよー、ねえねえ、いっしょに観ようよユキくーん」

甘えるような声だった。またボディタッチをされていて、右に左に揺らされていて、思考が乱れる――

まあもう参加したっていいじゃん、とは思わなくもないんだけど。

「ごめんパス」

さきほど気を引き締めたばかりだ。ちょっとやそっとの事では揺らがないぞ。

「ぶーぶー、ユキ君ぶーぶー！」

可愛《かわい》いブーイングにだって揺るがないぞ。

「あ閃《ひらめ》いた。豚耳メイドってありだと思うか」

なしだと思うぞ。


映画のサブスクサイトが出力されてるテレビ前。そこに集まるは女性陣たち。

「あっ！」

俺抜きにして進められていく鑑賞会の準備だが、なにやらトラブルが発生したようだった。佐中さんが気付いたように叫ぶ。

「ポップコーンがないや」

鑑賞のおともの不在が、会の始まりを遅らせているらしい。つい俺は口を挟んでしまう。

「無いと困るの？」

「なに言ってるのユキ君！ポップコーンのない映画体験なんて、さび抜きのお寿司《すし》・福神漬けのないカレー・白身だけ捨てた卵かけご飯だよっ」

「ひとによっては助かりそうなラインナップだなぁ」

佐中さんの比喩は絶妙に上手《うま》くなかった。しかし、なるほど。ポップコーンねえ。

「そんなに欲しいならコンビニ行ってきたら？」

うちの近所には24時間営業の店舗があった。いつでも安くて便利な味方。夜中にお腹《なか》が空《す》いた時は、俺もたまに利用して、カップ麺なんかを買う。

「だってさアリサちゃん。ユキに連れてってもらっとき。急がなくていいからね」

「えっ。俺も行くの」

「は？　よそ様の娘を夜中にひとりで出歩かせる気？　あんたが守ってやんないでどーすんの」

ひじ姉に白けた眼《め》で見られてしまった。そこまで考えが回ってなかったんだ。とはいえ、佐中さんを守れとか言われると……俺には荷が重いな？

「なあ、ポップコーンを我慢してもらうことって」

「もちろん出来ない！　わたし着替えてくるねー」

パジャマ姿でいそいそと客室に入っていく佐中さんだった。デスヨネ。

しょうがない。鑑賞会は断ったんだから、買い物くらいは付き合おう。

俺はそのまま外に出てもおかしくない格好だから、準備するものといえば財布くらいだ。

佐中さんの登場を待ってから10分後。

「準備できたワーン！」

犬耳メイドが現れた。

「準備できてないワンねぇ」

客室を指さして、着替え直すよう遠回しに伝えた。

「えへへ。むりだったかー。わたし、この格好で一回、ユキ君と外出てみたくって
……ごめんなさい、わがままだった。着替えてくるねー」

「え、ネタじゃなくて本気なのか？　ごめん待って、ちゃんと考えるから」

残念そうな顔と声音に、思わず俺は前言撤回。彼女の背中を引き止めてしまった。

窓の外を見る。当然暗い。平日の夜で通行人も少ないはずだ。往来の激しい道を避けていけば、彼女のコスプレに近い姿が奇異の視線に晒《さら》される可能性も減るだろう。

「……気をつけて行けば、なんとかなるんじゃない？　好きにしたらいいと思うよ」

「え、ええ？　この格好でもいいの？　許可が出るとは思ってなかったよ」

「許可っていうか。俺が決めることじゃないし。あとひじ姉、なにニヤニヤしてんの」

「べつにぃ。気をつけていってらっしゃい。夜の外出、楽しんどき」

「はい、行ってきますっ。さあさ、出発だよご主人様！　目的地は……コンビニだー！」

「冒険がはじまる前の船長の号令？」

せいぜい徒歩6分の距離だから、散歩ってくらいの規模なんだけどな。

俺は苦笑しながらも、張りきって進む佐中さんに追従した。

◆

虫の鳴き声が聞こえる、夜の住宅街の歩道。蒸し暑い空気の中を、俺たちはゆっくりと歩いていた。急ぐ必要もないだろう。

しかし、佐中さんの歩調は輪をかけて遅い。気を抜いていたら、置いていってしまいそうだ。出かける前の勢いはどこへ行ったんだろう。俺は振り返って声を掛けた。

「どうしちゃったの、ペース。大分ゆっくりめだけど」

「あ、あはは……けっこービビっちゃってる。こんな時間に出掛けるのって、わたし実は初めてだし――……」

メイド服の優等生は、必要以上に周囲を気にしていた。後ろを何度も振り返ったり、軒先に人影がないかをいちいち確認したりしてる。

「このへんは治安がいいからね。変質者なんかには遭遇しないと思うよ」

「うん。でも、えっと、あのね」

もじもじしてる。なんだろう、彼女はなにかを言うのを躊躇《ためら》っているようだった。

ほっそりとした二の腕を、自分の手で触っている。まるでガードの姿勢だった。

「その、わたし気付いちゃったんだけど——現状の犬耳メイドな姿だと、わたしが変質者として通報されるんじゃないかなぁ？」

「ああ、だからビビってたのか……ははは！」

納得がいって俺は笑った。近所迷惑にならないよう抑えるのが大変だった。

「わ、笑わないでよー」

「でも実際に外に出てみて気付いたでしょ。初日なんて佐中さん、その格好でスーパーに行こうとしてたからね」

「うぅ、面目ないよー……あのときは気分が高揚してたの。さっきもね、この大事な格好でいっしょに出歩ける嬉《うれ》しさだけが、先行しちゃっててー……！」

恥ずかしそうに、その場に腰を落としてしまう佐中さん。頭の犬耳が反省してるかのように垂れていた（元からそういうデザインなんだけども）。

しゃがみこんだ彼女は、その赤らんでた顔を膝小僧にうずめて隠している。

そしてそのまま、ほっそりとした右手だけを力なく宙に浮かせた。

「ユキ君ー……わたし、ひとりじゃ歩けないー……まずは立たせてー……」

「は、はあ?」

そういうネタかと思ったけど、動き出さない彼女の手は、ぷらぷらと揺れている。え、握れと? 立たせろと?

暑いのと緊張とで、手汗が滲《にじ》んできた。まともに考えて、こんな汗ばんだ手で触るわけには……

でも、このままウダウダと一箇所に滞在する方がよくない。それこそ通報でもされそうだ。

だから仕方なく、仕方なくだ、俺は佐中さんの手を握った。

よいしょっと力を入れた瞬間、佐中さんは立ち上がる。

「もういいな? それじゃあ、行こうか……って、えええ?」

ぎゅっ。彼女は手を離そうとしなかった。そして、そのままゆっくりと歩きだす。

「えへへ、これで安心だねぇ」

「な、なにがだよ。てか、手、手……! もういいでしょ離しても」

「えー、まだよくないよユキ君。もし通報されたらわたし、おまわりさんに『これは彼氏の趣味なんです、夜デートなんです!』って言って誤魔化すつもりだから」

「なっ……! そうなったら俺は『これは佐中さんの趣味なんです、俺は無関係なんで

す』で抵抗するから……！」

「あははっ。うそうそ、そんなこと言わないよー。でも、ね。けっこー怖いのはホント
……いっしょに隣、歩いてくれると嬉しいなーって、わたし思ってる……」

元気な声がしぼんでいく。ぎゅっ、と、俺の左手を握る力が少し強まった。

「…………。そういうことなら、いいよ。転ばないようにゆっくり行こうか」

「……！　ふふ、ありがとうユキ君」

いくら治安がいいとはいえ、夜道が危ないのは本当のことだった。

だから、彼女が俺なんかに安心した笑顔を向けるのは、不思議なことじゃない。

危ない中で手をつないで、異性の同級生を守るのも特別なことじゃない。普通だ。

だから、べつにお礼を言われることでもない。……そうだよな？

「あのね」

自問自答してたら、佐中さんがぽつりと切りだした。

「なに？」

「わたしね。夏休みって退屈だなー、要らないなーって思ってたの」

一般的な高校生の発言じゃなかった。俺は聞く。

「えっ、なんで？　嬉しいじゃん」

「授業はないし、自分から誘えるような友達は居ないし、パパは相変わらず外国だし……宿題さえ終わらせちゃえば、あとは暇だから。テレビ見てー、ネット漁ってー、ハウスキーパーさんの作った料理を食べて、気付いたら終わってるような期間。それが夏休みだったんだー」

落ち着いた、独り言みたいな声だ。夜はひとを感傷的な気分にさせる。佐中さんは胸のうちを語りだしたのかもしれない。

「でも、今年の夏はちがうの！　わたしいま、すっごく楽しいんだ。着ている服も、頭の耳も、ふだんの自分とちがくって、新鮮で。料理も掃除も初体験ばっかりで。聖《ひじり》さんとユキ君と、毎日いっしょで……今だってほら、はじめて男の子と手繋《つな》いでる！」

星ひとつ見えない都会の空に向けて、佐中さんが右手をあげた。つられて持ち上げられる俺の左手。天に見せつけてるようだった。

「……ボクシングで勝った後かよ」

「ふふっ、Ｗｉｎｎｅｒ～！　勝利のゴングが聞こえてー？」

「来ない。鳴ってないからな。下ろして下ろして」

「はぁい」

佐中さんは、言われてすぐ応えてくれる。なのに握りしめた手は離してくれなかった。

もうすぐコンビニが近い。車も通るようになりはじめた。急ごう、もう手繋ぎから解放されたい、緊張で手汗《あせ》がヤバい……！

少し歩《あゆみ》を速める。俺の焦りなんて知らない佐中さんは、また話の続きをはじめた。

「家出した日はね、けっこー不安だったんだ。どうなるんだろーって。でも、家出のおかげで校外のユキ君を知れて、優しい聖さんにも助けてもらって……すごく楽しい夏休みになってる」

横で微笑《ほほえ》む佐中さん。対する俺は——どうだろう？

俺も、教室の外での気を抜いた佐中さんのことを知っている。現在進行形で。初めての体験ばかりなのは同じことだった。

「ふふっ、ほんと、楽しい。いまならケンカしたパパにも感謝できそうだよ！」

「そうなんだ。なら、佐中さんの方から仲直りして帰れそうだな？」

「それはだめ。頑固なパパが『ごめん』って謝ってくれなきゃ、わたし帰らなーい」

そこの意思だけは固いようだった。

頑固らしいパパさんと、頑固らしい佐中さん。家族は自然と似るものらしい。

俺の帰宅への説得は、今回もまた、失敗に終わるのだった。

◆

リビングの方から女性陣の盛り上がる声がする。時刻は現在、夜の23時台。映画鑑賞が始まってから実に1時間が経《た》とうとしていた。

映画も中盤を迎えるかどうか、というところらしい。序盤こそ静かなリアクションだったが、今では――

「きゃーっ、良《い》い！　この女優さん、泣きそうなときの表情がすっごい可愛《かわい》いんです！」

「なぁ、わかるよ。こんな顔出来たらソッコー男落とせるぜ。私がこの女優なら、合コンのときは延々と泣いてる」

「聖さーん、それだと感情がおかしい人ですよー」

俺に割り当てられた部屋とリビングとは扉一枚で隔てられている。

だから、映画の音もふたりの声も、丸聞こえなのだった。

「…………」

ヘンな意地張ってないで、あっちに参加すればよかったな。

「いやいや、気にするな。俺は揺らがないぞ」

そうだ、俺の方だって盛り上がっている。携帯ゲーム機は現在、テレビ画面へと出力されている。大画面での狩猟アクションだ。オンラインで知らないひとと飛龍を狩るのだって面白いよ。

俺は女子陣の——とくに佐中さんの——楽しげな声を拾ってしまわないように、よりいっそう、ハンティングにのめり込むのだった。

時刻は25時12分。ほおに涙の跡をつけた佐中さんが、俺の部屋に来た。

「満足した！」

「だろうな」

クライマックスでの泣き声も、ひじ姉との感想会も、ほとんど聞こえてたからな。

「この熱量、胸の高まり！　とどめてられないよー。ユキ君ともお喋《しゃべ》りしたいな」

「あーうん」

俺は、佐中さんに構ってる余裕がそんなに無かった。高難易度クエストの最中なんだ。

俺のキャラの装備はサポート系。パーティーの引き立て役のくせに、一撃でも貰《もら》えばそくざに死にかねない職業だった。

「パパの映画って、何回観ても最後は泣けるよー。ずるい。だから、ファンとしても尊敬できて……ユキ君すっごい集中してるね？」

「いま手が離せないんだ。終わったら相手できるから、テキトーに座っててよ」

「わかったー」

すとん、と俺の左隣に座ってくる。いや佐中さんね、安物だけどベッドがあるんだから、そっち座ったらいいのに……とか考えてたら、爆破ブレスが俺のキャラを襲う。

「あぶねっ、やばっ……ああ死んだ！」

「えっ、いまのでやられちゃったのっ？」

俺のキャラの亡骸《なきがら》がリスポーン地点に運ばれていく。パーティーを組んでる相手から『ドンマイ！』のメッセージが飛んできた。

「というわけで、一発でも貰ったらやられてしまうんだ。狩りに集中させてほしい」

「わ、わかったよ。わたし犬耳メイドとして、ご主人様のこと小声で応援するね！　あ、するワン！」

「集中させてほしい……」

俺のお願いは届いてなかった。外出から帰ってきてまだ着替えてない佐中さんは、メイド服のリボンをきゅっと結び直す。

「最近のゲームって迫力すごいねえ。わたしゲームやらないからなー。誘われてやったことはもちろんあるんだけど、よくわかんなくて、続かなかったや」

「へえ」

だからだろうか、佐中さんはいちいち新鮮なリアクションをしてくれた。

俺が飛龍の攻撃をすんでのところで避《よ》けると「うひゃあ」と驚き、俺が攻撃に転じると「いっちゃえー」と勇んだ掛け声を出す。

そして、飛龍がついに倒れるモーションをとり――

「討伐完了っと」

「やったねユキ君！　こんなでっかいドラゴン倒しちゃったらお手柄だよ、大英雄だよ。この世界の住人さん達も大喜びだね。お祭りとか開かれるんじゃないかな‼」

「いや、そういうのはない」

「最近のゲームキャラってケチなんだね……」

そういうモードなだけで守銭奴にされていた。ごめん、この世界の住人。

「で、なんだっけ？　パパさんの映画の感想だっけ」

「あ、ううん、いいよ！　ゲームに集中してて。わたし、見てるだけでけっこー楽しいし。その話はまた今度にしよ」

「あ、そう？　それじゃあプレイを続けるな」

今回参加したパーティーの募集要項は、主催の欲しいレア素材が当たるまでということだった。俺もこのモンスターの装備を作りたいから、まだ狩りを続ける必要がある。

流れるようにクエストに再出発。佐中さんが応援してくれて、無事討伐。

そしてまた出発。討伐。出発。討伐。出発……

「ふぁああ……う」

あくびが横から聞こえてきた。

「佐中さん。眠いなら部屋に戻った方がいいよ。着替えもまだ済んでないでしょ」

「だいじょーぶ、まだ、起きてられるから……」

その声は「もうすぐ寝ちゃいますよ」と言ってるようなものだった。プレイのさなかのリアクションも、がんばれー……と消え入りそうなものだ。

船を漕《こ》ぎはじめて——とすっ。

「……!?」

俺の左肩に頭を乗せてきた。まさかの接触。さらりとした髪の毛が肌に触れてこそばゆい。思わず俺は、プレイする手を止めざるを得なかった。

「ちょ、佐中さん……！　起きて起きて……！」

俺のコールも虚しく、そよ風のように微小な寝息はすうすう続く。

そのまま、彼女の体はずるずると落ちていき——最終的に、俺のあぐらに頭を乗せる形になった。

「はは……まさかの膝枕提供」

予期せぬ展開に苦笑いがこぼれた。

そのまま無事に討伐は終了。気付けば、時刻はもう26時を目前にしていた。

「そりゃ、佐中さんも寝落ちするよなぁ」

鑑賞会の前だって彼女はメイドとして働いてくれていた。

朝なんかはかかさず、料理本のメニューを用意してくれてる。三食は申し訳ないから、夜は弁当で済ますことが多いんだけど、余裕がある日は夜食なんかを作ってくれた。

洗濯の担当は、初日以来、彼女に任せてしまっているし……掃除もこまめに続けてくれてる。日々、ネットやテレビで効率的なやり方を勉強してるらしい。手伝いをする俺への指示も的確だった。

「頑張ってくれてる……よな」

こんな慣れない環境で、だ。

いくら本人が楽しいって言ったって、疲れが溜《た》まってるに違いなかった。

いたわってあげたい気持ちが湧いたのだって、不思議じゃない。

俺は――初めて動物とふれあう幼児のように、遠慮した手つきで――彼女の頭を、ぽん、
と触った。

犬耳の生えたカチューシャ越しに、ぽん、ぽん、ぽん。

「…………」

夏という季節はひとを大胆にするし、夜という時間はひとを感傷的にさせる。

だからまあ、これから言うのは、100パーセント独り言なんだけど。

「……いつもメイドとして頑張ってくれてありがとな。アリサ」

なんて、本人を前にして言えないことを呟《つぶや》いてみた。

呼び捨てなんて、起きてる状態だったら確実にムリだからな……せっかくの機会ってことで――

もぞっ。

「……!?」

自分に言い訳していたら、彼女の体が動いた気がした。すぐさま背筋が凍りつく。

「え……もしかして起きた？」

微妙に俯《うつむ》いた姿勢だから、佐中さんの寝顔は窺《うかが》えない。

けどまあ、すぅすぅと可愛《かわい》い寝息を立ててるからセーフだろう。

今のを本人に聞かれてたらヤバかった。俺のメンタルが一撃でやられてたレベルだ。犬耳メイドは飛龍だったのかもしれないな。このまま深い眠りへとサポートしちゃおう。

ぽん、ぽん、と寝かしつけるようなリズムで、彼女の頭を撫《な》でさわる。

そんな7月の終盤。とある蒸し暑い夜の出来事。

この日、俺は——

犬耳メイドさんとの夏休みを楽しんでみるのも、悪くないんじゃないかなぁって。

そう思ったんだ。

6　世間知らずな同級生（水着のすがた）

メイド服を着た犬耳がリビングの床で倒れていた。

「ひまだよ～……ひま過ぎるよ～……」

8月の初旬。夏休みが過ぎていくのを実感する今日このごろ。

冷風を送るクーラーの下で、うつ伏せになってる佐中さんが退屈を嘆いていた。

俺はスマホを片手に、棒アイスを舐《な》めながら言った。

「佐中さん、テレビは？」

「ローカルの再放送か、ニュースばっかり。いま面白い番組やってないよー」

「世間的には平日の昼だしなぁ。それならさ、宿題でもやったらいいんじゃない？」

「えー？　そんなの終わらせてるに決まってるよー。初日に」

「………………」

未《いま》だになにも手つかずな俺は、「TL《タイムライン》の更新をしゅぽしゅぽ繰り返すなどという無為な行為をしてる場合じゃないのでは？」という暗澹《あんたん》たる気分に陥った。

「夜ごはんの仕込みは終わってるでしょー。掃除はもう、するところがないしー……うー、やることないや。かまってユキ君」

「ちょっ、高速ほふく前進からの足首つかみはやめて……そんな行動、ゾンビモノでしか見ないから！」

「あははは っ、かまってくれなきゃ食べちゃうよ。がぶっとねー」

ソファに座ってる俺の足元で、佐中さんがにへらと笑う。無防備な笑顔だった。

……まぁ、俺だって暇は暇だ。

たまにクラスの男友達と遊びに行く以外は、とくに予定もない。

「クラスメイトに噛《か》まれたくはないな。それなら、テキトーにお喋《しゃべ》りでもしようか」

「うわぉ、ご主人様分かってるー。それなら、お茶とお菓子を用意しないとね。ふふっ、急に忙しくなったよー」

すっくと立ち上がった佐中さんは、足取りも軽くキッチンの方へと向かっていった。こ、腰が軽いな……？　「手伝うよ」と声掛けしながら、怠惰な俺もそのあとを追った。

食卓に座り、ふたりして向かいあう。テーブルの上には、こないだコンビニで買ったどら焼きと、佐中さんが淹《い》れてくれた緑茶だ。

「はー。クーラーの効いた部屋で飲むあったかい緑茶って、ぜーたくの極みだねぇ」

「安上がりなこと言ってる」

外国のお嬢様めいた容姿の佐中さんが、庶民的な言葉を漏らしていた。甘味に舌鼓《したつづみ》を打ち、ほうっと一息。

彼女はそのまま青空が広がる窓のほうを眺めた。外は快晴だ。

「ふぁぁぅっ。なんだか、おだやかすぎて……眠くなっちゃう」

佐中さんがあくびを噛み殺して、ぼんやりと笑った。

お喋りというより、和みのムードだった。退屈させてるかもしれないな。自分からお喋りしようと言った手前、なにか話題を出さないと。えっと、話題、話題は――

「そうだ。佐中さんってさ」

「なぁに？」

「本来なら、夏休みはパパさんとたくさん外出する予定だった、って言ってたじゃない？」

「そうだよー。それがどうかしたの？」

「いや、まあ、うん。どういう場所に行こうと思ってたのか、興味があって」

「そうなんだ！　もくろみは叶《かな》わなかったけど、行きたい所がたくさんあったからね。いいよ、教えてあげちゃうー」

最近の佐中さんはメイド業を頑張ってくれている。

その恩恵を受けている同居人として、労《ねぎら》いのひとつでもしてあげたかったんだ。

そう、たとえば——二人で遊びに行くとか。

元々佐中さんがパパさんと行きたかったところを聞ければ、こちらも予定を立てやすい。

彼女の願望をそのまま流用して、再現するだけでいいからな。ふふ、我ながら策士だぞこれは。

水族館でも動物園でも、なんでも来い！

「えっとー。まずは北海道旅行。都会の喧騒《けんそう》から離れた地で、５泊６日で親子水入らず。大自然を体験するでしょー？」

「………………」

一発目から実現不可能なのが来ましたね。

「その次は、沖縄旅行で水遊び！　澄みきった海水と天然のサンゴ礁を、パパといっしょに眺めるの。現地は暑そうだから２泊３日で帰ってくるつもりだったよ～」

日帰りでも予算不足ですね（俺の財布には４０００円しか入っていなかった）。

「あとはマレーシアでムーア式建築を堪能《たんのう》したり～」

出ちゃったよ！　国内出ちゃったよ！

「あ、あのさ。もっと一般的なイベントはなかったの……？」

「え？　どーゆー意味かな？」

佐中さんはきょとんとしていた。もしかして、パパさんが予定の大半を断った理由はコレか？　いきなりこんな旅行に誘われても、多忙な身では実現が難しそうだぞ。

「もっとこう、俺みたいなフツーの高校生でも再現できそうな、フツーのイベントはない？」

もう直接的に訊《き》いちゃったよ俺。

「わたしにとっては全部ふつーだったんだけどな。うーん……あっ。ピクニックに行く予定はあったよ！　むかしママが気に入ってた川辺の公園の中で、おにぎりを食べるの」

「それだ」

「ん、どれだ？　なにがー？」

佐中さんは首を捻《ひね》っていたけれど、ようやく俺に再現できそうなイベントが来た。

いいじゃないかリバーサイド。いいじゃないかピクニック。インドア派で知られる俺だけど、たまの遠出も悪くない。メイド業務の息抜きにもなるだろうね。

「コホン。あ、あのー、だな。佐中さんに提案があるんだけど」

「えっ？　うんうん、なにかなユキ君」

期待する目だった。なんか、普通に緊張するな……勇気を出してけ黒澤雪人。犬耳メイドとの夏休みを楽しもうって、こないだ考えたばっかりじゃないか。

「その、佐中さん。もし良かったらなんだけど！　こんど俺と、息抜きで川にでも――」

「話は聞かせてもらったぜ。川に行くなら私に任せな！」

闖入《ちんにゅう》者が現れた。

女子を誘うためのなけなしの勇気を返してほしい。俺はひじ姉に、逆恨みの視線をぶつけた。

「なんなの急に。スケジュールやばいって昨日言ってたくせに。MV素材の納期、5日後なんでしょ」

「アーアー聞こえない。いいだろ息抜きぐらい。私、穴場の川遊びスポット知ってるんだ」

佐中さんがその言葉に目を輝かせた。もう、きらっきらの爛々《らんらん》だった。

「わあ、それ素敵です！　川遊び賛成ー、ぜひみんなで行きましょう！　わたしお弁当作りますよー」

「んじゃレンタカー店に即電話だな。明後日《あさって》にでも行こうか。水着で納涼キメて、そのあとは近くの温泉でまったりだ。なぁユキ、最高じゃん？」

「……まあ、そうだな」

俺ひとりの提案だったら、ただ隣町の公園でコンビニおにぎりを食べるだけの計画だった。

まったくもって、ひじ姉の発想力には敵《かな》わない。

「それじゃせっかくだし、寧々花《ねねか》ちゃんにも連絡入れてみっかね」

「え、嶋《しま》さんを？　ストップひじ姉、それはやめよう。発想力がいきすぎてるって……！」

「あ？　なーんで。せっかくJK《ジェーケー》の友達できたんだもん、連れていきたいっしょ」

スマホのトーク画面を片手に、理解できないと言いたげな態度だ。先日の訪問で、ふたりは連絡先を交換するほど意気投合して仲良くなっていた。

「だ、だって、クラスメイトに佐中さんとの同棲《どうせい》がバレるかもしれないだろ？」

「それについては『ユキの方からアリサちゃんを誘った』って事にすりゃいーじゃん？」

「あっ」

たしかにそうだ。「黒澤家に佐中さんが居るのを、嶋さんに見られる」のがまずいのであって、「黒澤一家が、佐中さんと嶋さんと遊ぶ」のは、まるで問題ない。

──はずなんだけど。

「あー、はは……聖《ひじり》さん、そのことなんですけどー……」

申し訳なさげに片手をあげる犬耳メイドが居た。

「わたし、夏休みが始まる前に、学校で嶋さんから海に行かないかって誘われてて。ありがたい声掛けだったのに、パパとの予定を理由にすぐ断ったんです、わたし……」

「ああ。それなのに俺からの誘いは受けるのは、体裁上よくないって？」

「そうだね……嶋さんとも遊べたら、すっごくすっごく良《い》いだろうけど……」

一転して落ち込んでしまう佐中さんだった。彼女の楽しみにする姿が見たくて計画を立ち上げたのに、これじゃあ意味がないな。

「そういうカンジか。んじゃ、私からの寧々花ちゃんへの誘いは控えておくよ──」

「いや、佐中さんには『奥の手』がある」

本当は提案したくないことだが、仕方なく俺は口にする。

「……あっ！　変装だね、ユキ君！」

さすがは秀才の佐中さんだ、物分かりが良い。すぐに得心がいっていた。

メアリーさんならば、俺たちと一緒に遊びに行っても不自然ではなくなる。

余計な心労は増やしてしまうけど、それなら嶋さんとも遊びに行ける筈《はず》だった。

「ヘンソウ？　あー金髪被《かぶ》ってくの。うーわ夏場のウィッグって蒸れそう。アリサちゃんはそれでいいの、疲れない？」

「だいじょぶです！　所作は気をつけなきゃですけど、みんなで遊べた方が楽しいですから！　バレないように最大限気をつけるから、安心してね、ご主人様」

にっこりと優しく微笑《ほほえ》みかけられた。

「……ああ。俺もサポートするからな」

とは返せたものの、なんだか引っかかるものがある。

嶋さんと佐中さん、ふたりは仲良くなれるはずだった。それこそ、一度でも遊びに行けばすぐにだ。なのにまた『メアリーさん』が壁になる。

演じる苦労をしてもらうほど、嶋さんには同棲の事実がバレてはいけないんだろうか？

俺の覚悟さえ決まれば、そんな余計なこと、気にしなくてもいいんじゃないか……？

◆

川遊び当日の朝。

寝付きが浅かったのか、俺はいつもより何時間も早く起床してしまった。

とは言っても、普段起きるのが遅いだけで、なんなら健康的な時間だけども。

「きょうは早くに出るって言ってたからなぁ」

佐中さんもひじ姉も張り切ってる。きのうは女子陣が、川で遊ぶ準備のために買い物に行っていた。水着などを新調したそうだ。

男子の準備？　俺は、ふたりが帰る頃に街まで呼びだされて、大量の買い物袋を持たされただけだよ。Ｔｈｅ《ザ》・荷物持ちだよ、筋肉痛がけっこーすごいよ！（佐中さん風）

「ま、今回のイベントって、元をたどれば俺の提案だしな……女子陣が楽しみにしてくれてるなら、それでいいか」

ポジティブな感想をひとり呟《つぶや》き、納得した。

カーテンを開けば、昇りたての太陽が夕陽《ゆうひ》みたいに赤く光ってる。天気はよさそうだ。

二人が起きる前にシャワーでも浴びておこうかな……とリビングに出た。

「あら、この音は――やはりそうでした。おはようございます、雪人様」

ドアを閉じると、キッチンから犬耳を生やした金髪の女性が顔を覗《のぞ》かせた。

「清々《すがすが》しい朝ですね。本日の最高気温は、32℃とのこと。この一週間で最も低く、日中の川遊びでも快適に過ごせる筈ですよ」

「……え、朝から何してんの、佐中さん」

「えへへー、役作り。朝から気持ちを作ってたんだ——どうでしょう？　寧々花様にバレなければよいのですが」

ころころと表情を変える佐中さん。最後には、大きな伊達《だて》眼鏡のテンプルをもちあげて不敵に笑った。

……いや、ふたりきりの時から演技を始められても困るな？　本当に『メアリーさん』というコスプレ外国人メイドと喋《しゃべ》ってる気分になる。

朝からムダに緊張しそうだ。佐中さんといつもどおり話をして、落ち着きたかった。

「いまは演技いいって。それより朝早くから何してんの？」

「もちろん、お弁当作りだよ！　初めての作業ばっかりだし、４人分の大仕事だから、早起きして進めてたんだー」

ちょいちょい、と手招きをされる。彼女の右手に誘いこまれるまま、俺はキッチンへと入っていった。

ごちゃついている調理場からは、佐中さんの奮闘っぷりが窺《うかが》える。

どうやら卵焼きを切る直前だったらしい。白の混じってない黄金の塊が、縦に刃を入れられるのを待ち遠しげに立っていた。

「めっちゃ綺麗《きれい》に出来てるな、この卵焼き」

「でしょ？　作り方調べたんだー。ぶっつけ本番だったけど、うまく出来てよかったや」

慣れた手付きで、包丁をとんとん入れていく。料理初心者の称号はもう剝奪でいいんじゃないかな。すっかり一人前のメイドさんだった。

「……ゆ、ユキ君、せっかくだし、味見してもらえないかな」

しかし、本人的にはまだ自信が無いみたいだ。

腰を引いて遠慮がちに、両手のひらを切り分けた卵焼きへ向けている。

「いいの？　それじゃあ遠慮なく。この端っこのを貰《もら》うわ」

少しだけ切り崩してしまっていた切れ端を、俺は手摑《てづか》みで口に入れた。

甘い――ふわふわとした食感が、鶏卵の濃厚な味を引き立てていた。

「うっま……すげー美味《うま》い！　俺、今までどっちかっていうと、しょっぱい味の卵焼きが好きだったんだ。でもこの瞬間から鞍替《くらが》えしそう」

「ひゃー、言いすぎだよユキ君っ」

「いやマジで、すごいって、これは。短期間で腕を上げたんだな」

開きっぱなしの弁当箱を見れば、ほうれん草の炒《いた》めもの・煮付けたじゃがいも・冷凍食品のシュウマイなどが確認できた。豊かなラインナップだ。

「食べるのが楽しみだよ。嶋さんも、これなら喜んでくれると思う」

「えっへへー、褒めてくれてありがとう。じゃあ、その、ん……」

すすす、と摺《す》り足で近付いてきた佐中さんは、目を閉じて俯《うつむ》いている。偽りの金髪が偽りの頭頂部を晒《さら》していた。

「……え、どうしたの佐中さん、急に目閉じて。あ、もしかしてゴミでも入った？」

「……ご、ゴミなんて入ってないよ。もう」

少し不満げになって、佐中さんは一歩下がった。

「……このまえは撫《な》でてくれたのに。呼び捨てだったのに」

「え、ごめんもう一回。いまなんて言った？」

「ユキ君には、ぜったい聞こえないように言ったもーん」

菜箸で卵焼きを手際《てぎわ》よく詰め込む佐中さんは、やっぱりどこか不機嫌そうだった。

◆

ドライバー席に座るひじ姉は、後部座席から見ても緊張してるようだった。車は止まってるっていうのに、ハンドルを力強く握りしめてる。

「おはよう寧々花ちゃん。私ペーパードライバーで、運転に集中しないとダメなんだ。ここからは乗客の相手できないから」

「了解です、ヨモギ坂先生っ。おはよう雪人ー、それと……メアリーさん」

駅前で車に乗り込んできた嶋さんが頭をさげて、俺の左隣に座った。

右隣にはメアリーさん――に扮《ふん》した佐中さん。顔をじろじろ見られては身バレのリスクが高まるから、俺が壁になっていた（手荷物は助手席の上だ）。

今日のメアリーさんは、落ち着いた色のコーデで大人びたメイクをしている。年齢を詐称する為《ため》なのかもしれない。

……ここまでする必要は、あるんだろうか……？

「寧々花様、本日はよろしくお願いいたします」

「あはは、よろしくでーす。てか、ウチには敬語いいですよ。楽に喋ってください」

「いいえ、そういうわけには……」

楽に喋ったらボロが出るもんな。とりあえずフォローっと。

「俺挟んでトークするのはいいけど、身を乗りだしすぎだって嶋さん。ほら、もう出発してるから。ちゃんと座って」

「えー、雪人マジ堅い。シートベルトしてるし大丈夫じゃん？　あ、両手に花だから緊張してんの～？」

「し、してないぞ」

嘘《うそ》だ、当然してる。車が揺れると両隣の子と太腿《ふともも》が当たって、両隣の子から香水の匂いが漂っている。

この状態で1時間弱……耐えられるのか。その、気持ち的に。

「ウケる。メアリーさん、雪人になんかヤバいことされたら言ってほしいっす！　ウチが女友達として、代わりにキツく叱っておくかんね」

「し、嶋《しま》さんに叱られるようなことは無いって」

「そうですわ。わたくし、雪人様には大変お世話になっております」

「へー……どんな風に？」

「そうですね、いつも体調をいたわってくれて……そして、優しくもしてくださいます」

「ほう。やるじゃん、このこのー。さては普通に見せかけて、良い男だなキサマ～」

「やや痛いな。ちょ、肘で突くのは反則だろ嶋さん――」

「やべえここ右か。ちょい揺れるわっ」

ひじ姉の焦《あせ》った言葉と同時にカーブが掛かった。

車内に横からのG《ジー》が発生する。嶋さんの尖《とが》った肘に俺の肋骨《ろっこつ》がめりこんだ（痛い）。そして、華奢《きゃしゃ》な体軀《たいく》のメアリーさんが俺の方へと倒れかかってきた（柔らかい）。天国と地獄ってこういうこと？

「ご、ごめんなさい雪人様、寄りかかってしまって……！」

「ああうん、事故みたいなもんだから気にしないで……」

「ウチも肘鉄深めに入れちゃってごめんね」

すごい謝罪内容だった。

「いや、同じく事故みたいなもんだしな……」

「そお？　でも悪いし、雪人にポッキー何本かあげる」

「嶋さんも気にしなくていいのに。まあ、貰っとくわ。サンキュー」

「ん。いいよ」

遠出の移動中なのに、車内は絶妙に盛り上がってはいなかった。

佐中さんはすまし顔で外を見ている。ひじ姉は運転に必死だ。

嶋さんはそんな車内の空気を読んでか、テンションを低めている。

俺も彼女も、言葉少なにポッキーをかりかり齧《かじ》るのみだった。

「…………」

これから俺たち、本当に川遊びに行くんだよな……？　まるで、試験前のピリピリした教室だ。

「……あー、もう限界だな！　メアリーさん、俺この空気すっげえ駄目だと思う。やっぱり言っちゃおうよ」

「え……？　雪人様、それは……どういった趣旨の発言でございましょうか？」

「ぜんぶ事情を明かしてしまおうよ、ってこと。順序立てて説明したら、嶋さんなら分かってくれるよ」

こんなに空気の読める女子なんだ。イチから説明すれば、きっと分かってくれるはず。だって、もったいないじゃないか。せっかくのお出かけなんだ。仲良くいきたい。もっと楽しくなるはずだった。

「わ、わたくしは……雪人様がいいなら、それで」

「ありがとう。そうした方がいい未来になるって、この様子を見て思ったんだ」

「ちょいちょい、ふたりしてコソコソとどうしたの。何の話なワケ？」

「ああ、うん、これは衝撃の事実なんだけど――なんとメアリーさんは、佐中アリサさんなんだ！」

「え？　知ってたケド」

「そうだよな。唐突に言われても困るよなってえええ知ってたの!?」

驚愕《きょうがく》の言葉を吐いたつもりがこっちが驚愕させられていた。横座る嶋さんが、ポッキーを前歯で折りながらニヒルに笑った。

「なんなん雪人、そんな意外だった〜？」

「あ、当たり前じゃんか。バレてないものだと思ってたよ」

「う、うんうんうんうん……！　わたし、ちゃんと別人になってたつもりなのに」

メアリーさんの仮面を強制的に剝がされた佐中さんがありえないほど頷《うなず》いていた。本人的にも演技に自信があっただけに、ショックみたいだ。

「心理戦はウチが一枚上手だったわけね。これでもメイクとか研究してるから、わりとバレてたよ。骨格がもうアリサっぽかったもん。顔とかありえんちっさいし」

「はぇー、そんなところに落とし穴が……さらなる研究が必要かも」

佐中さんがぺたぺたむにむにと顔を触っていた。大人っぽい雰囲気で子どもっぽい仕草だった。

「ま、前回会ったときは『アリサがメイドで働いてるわけねー』って思ってたかんね。疑惑は7割ってカンジ。二回も会ったら確定レベルだったけど」

そういえば、前回彼女が家に来たときも、カマをかけるような発言は何度かしてた。

「いやぁ、てか空気悪くしてごめんね。演技って気付いちゃったら、メアリーさんと喋りにくくってさ〜」

「いや……こっちも隠そうとしてて悪かったよ。もしよかったらさ、聞いてくれないかな。佐中さんが俺の家で働くにいたった理由を」

「ん。聞かしてよ。雪人のやる事なら、あんま変な流れではないんだろうし」

嶋さんは気持ちのいい笑顔を向けてくれた。

そして俺は安心して、家出中の佐中さんと出会った日から、きょうの川遊びをするに至るまでを、ダイジェスト形式で説明するのだった。

「——というわけ」

「はー。なるほどねぇ……アリサ、ひとりで大変だったんだねえ。いい人達に保護してもらってよかったねえ。よしよしー！」

「わっ、わわっ、そこまでして頭撫でたい⁉　子ども扱いの波動を感じるよ……！」

嶋さんが無理やり手を伸ばして、佐中さんをマスコット的によしよししていた。俺？

嶋さんの柔らかい部分が左腕に接触しててそれどころじゃないです。

「理由はわかったよ。マジしゃーなしってカンジだね。ウチでも何泊かは泊めてあげれたけど、親が厳しいから……いっしょに住むのは無理っぽい。運がよかったねえ、アリサ」

「ん……ほんとそうだね。わたしもそう思ってる」

佐中さんの言葉にうなずく嶋さん。偽物《にせもの》の金髪へのなでなでをやめて、嶋さんが元の座り方にもどったと同時に、柔らかい感触も離れていった。

「雪人も、運がよかったねえ。こんなん普通じゃ味わえないよ～？」

「そ、それは……どっちのことを言ってるんだ？」

「あっはは。どっちもだ、よっ！　感極まって押し当てちゃってごめん！」

手の甲でツッコミを入れるみたく左の二の腕を叩《たた》かれた。

痛くはなかったけど、「これでチャラな」という意思を感じる気持ちのいい笑顔だった。

結果的に、女友達の優しさに救われる形で、車内は盛り上がる雰囲気を見せはじめたのだった。ありがたい――

「あーでも、もっと注意してね。雪人もアリサも」

空気の戻るその前に、とでも言いたげな、冷えた忠告が差し込まれた。

「ウチはぜったい秘密にするし、理解もある方だと思うけど。他のみんなが――それこそオトナとかが、一緒に住むのをどう思うかなんて、分かんないかんね？」

◆

流れの緩い川のちかくには、平日だというのに子連れが多かった。

有給でも取ってるのかもしれない。川幅が広く、水深も浅いから、子どもだけでも安心して遊ぶことができた。

周囲には緑の映える木々。空には大きな入道雲。川はきらきら光ってる。

「夏だなぁ」

そんな独り言が出たのは、水泳パンツ一枚だからだろうね。開放感あるよ。

女子陣の着替えが終わるのを、水の流れをぼうっと眺めてひとり待つ。時間が過ぎる。

行く川の流れは、元の……なんだっけ？

「よーユキ、なにを昼間っから黄昏《たそが》れてんだよ」

「ん？　なんだ。ひじ姉か」

「なに興味なさげに川に視線戻してんだよ。おーコッチ見な愚弟。こんなセクシーな姉が居て、流れる水ごときにめんたま向けてんじゃねえよ」

「似たような姿なら家で見飽きてるし。興味ないし」

日頃から下着姿で歩き回るひじ姉が悪かった。

たしかに、胸部の戦闘力は女性陣の中でもトップだ。露出多めな水着もつけている。けど、それがどうしたって言うんだろう？　血の繋《つな》がりとは、こうも無関心を引き起こすものなんだろうか。

「こ、こいつ……可愛《かわい》くねーなガチで。私の豊満なバストで窒息させてやろうか」

「それで俺が病院に運ばれたら実家のお母さんが悲しむな」

「……想像したら、すべての行程で萎えた……冗談。レジャーシートとか敷いてくるから、あんたは他の子待ってて」

そう言い残して去ってく姉だった。

それで、佐中さん達はまだなのかな。いっそ、近くのほうまで迎えに行ってみようか。と歩きだしたら、すぐに合流できた。

「おまたせ～」

「お、来たか……って、嶋さんだけなの？」

「うん、アリサはなんか時間掛かりそう。てか、喋《しゃべ》っててちょい微妙なふいんきだし」

「微妙？」

「いちおう騙《だま》し・騙されをやってたワケだかんね。こう、学校よりもさらに歯車が噛《か》み合わないカンジ？」

ふたりの間には、まだわだかまりがあるみたいだった。

少し責任を感じるな。俺がなんとかしないと――と気合いを入れていたら、嶋さんが少し非難するような瞳を向けてる。

「ちゅーか女子の水着見て、最初に言うことが『嶋《しま》さんだけなの』ってどーなん。ウチこれ、初めて男子に着て見せる水着なんだけど～？」

「えっ？　ああ、そういうこと……似合ってるよ。間違いなく」

嶋さんはさばさばした性格の女子だ。どちらかというと大人びた容姿をしている。

それにマッチするかのように、水着の色味は落ち着いてる。それでいて柄自体は可愛いタイプのものだった。

「あんがと！　お世辞でも、似合ってるって言われてうれしい。ウチこれ、ちょうどいいラインのデザイン探したんだ～」

「はあ。ちょうどいいって？」

「あーウチさ、アリサみたいに可愛い系じゃないんだけど。可愛いのめっちゃ好きなんよね。だからー、ウチの見た目に合ってて、そんで好みのヨウソもある水着……みたいな？」

そう言って、嶋さんは自分の胸のかわいい柄を愛《いと》おしそうにさすった。

ふうん。自分に似合った衣装を見つけるのって、大変なんだな。

「前に『それ買ったから財布ヤバい』って言ってたもんな。うん、その甲斐《かい》あると思う。お世辞抜きに似合ってるよ。大人っぽいのに可愛いデザインって、いいとこ取りみたいでいいよな」

「そ、そこまでの褒め言葉は要らんし～……べつの子に取っときなよ」

「え、何で。嶋さんに対して思ったこと言ってるだけだよ、俺は」

「はー！　それが当たり前みたいな顔しててヤバっ。急にやり手かよ！　あっちー」

はたはたと顔を扇《あお》ぐ嶋さんだった。まあたしかに、きょうの日差しは遠慮してる方とはいえヤバいからな。暑いんだろう。

「それじゃあ、嶋さんは先に涼んでてよ、俺は佐中さんの様子を見てくるから」

「りょーかい。アリサなら女子トイレに居ると思うから、その前で待ってたらいいと思う……切り替えて、ヨモギ坂先生にかわいいデザインの作り方聞こっと」

ぱん、と謎にほおを叩いてから、姉の下《もと》へと向かう嶋さん。

見送って、俺もまたトイレへと向かった。

それにしても佐中さん、時間が掛かりすぎじゃないか？

女子トイレから出てきたのは、大人びた私服のままの佐中さんだった。金髪のウィッグは外しているが、それだけだ。他に変化はない。

彼女は遠目に見ても肩を落として、溜息《ためいき》をついている。どうしたんだろう？　俺はかけ足で近付いて声をかけた。

「佐中さん、着替えはどうしたの？　トラブルでもあった？」

「わわっ⁉」

その場で飛び上がって、彼女は胸に抱えてるトートバッグを落としそうになった。

「ど、どうしてここに？　ううん、むしろ良《い》いところに居たよユキ君！　こっちに来てもらえるかなー……！」

ぎゅうっ。躊躇《ちゅうちょ》なく、右の手を繋がれる。

「お、おい……！」

またあの柔らかい感触。一気に心臓が跳ねる。

俺の緊張を知ってか知らずか、佐中さんは長い髪を揺らしてずんずん進んでいく。手を繋ぐことなど、何とも思ってないみたいだった。

あるいは——そんなこと気にしてられないくらい、なにかに切羽詰まってるのか？

ひとけのない茂みに辿《たど》り着く。真剣な表情の佐中さんは、２枚の布をバッグから取り出した。

「あのねユキ君。この水着、どっちがわたしに似合うと思うー？」

「はい？」

いきなり二択を突きつけられた。クイズ・どっちが佐中さんに似合うでｓｈｏｗ《ショウ》！

「きのう新しい水着を買いに行ったとき、決めきれなくって……それで、どっちも買ったんだけどね。やっぱりまだ決められてないの！」

第一問。ばばんっ。と佐中さんがまず広げたのは、まっすぐな白色。飾り気のないシンプルな水着だ。

ほとんど何のデザインも入っていなかった。ド真ん中・剛速球のストレートだ。

「次はこれ！」

第二問。続いて佐中さんが広げたのは、黄色を基調とした明るい水着だった。

フリルがいっぱい付いてるだけでも贅沢《ぜいたく》なのに、いくつも可愛らしい柄が入ってる。見てるだけで華やいだ気持ちになった。

「どっちがいいかな、ユキ君的には」

「どっちって……佐中さんなら、どっちを着ても似合うと思うけどな」

「し、強いて言うならだよー」

俺に二択を答えてもらわないと困る、という意志を感じた。

なんだってそんなに俺の意見が聞きたいんだろう。

しかし実際のところ、どうなのか。俺は、どちらの水着が良いと思ってるんだろう？

いつもなら、考えるまでもなく白い方を選ぶはずだった。シンプルイズベストの精神。なのに今は——決めかねてる。

見たい。フリルいっぱいの黄色を着てる、フレッシュな佐中さんが見たい。いや、でもシンプルなのも捨てがたいんだ。

「これは……悩むな。答えを出すのに三日三晩は掛かるかもしれないぞ……！」

「そ、遭難しちゃうよ、いますぐ決めてくれないと困るよー」

ごもっともな意見だった。

乏しい想像力をフルに活用してみる。それぞれ二種類の水着を着て、川で遊んでる佐中さん。果たしてどちらが楽しそうに見えるだろう？

俺の答えは——

「——こっちのフリルいっぱいのが、元気な佐中さんにはぴったりだと思う」

「……！　わかったよ、こっち着てくるね。ふふっ」

すっかり迷いの晴れた表情で、佐中さんは、選ばれた布を大事そうに抱えこむ。

そこまで喜ばれると、悩んででも選んだ甲斐がある気がしてきた。

「なんか嬉《うれ》しそうじゃん。元々、そっちのフリルいっぱいのを着たかったんじゃない？」

「あはは、バレたー。だって、こっちの白いのを買ったのは、ユキ君の——」

「え、俺の？」

「……あっ、なんでもないよバイバイ。忘れろ〜、忘れるのじゃ〜」

低い声を出す佐中さんは、両手をわきわきさせて忘却魔術を掛けてきた。そのまま早足で退散していく。行き先は女子トイレの方向だ。今から着替えるんだろうな。

「で……『ユキ君の』、なんだったんだろう」

まさか、俺の趣味を想像して購入したとか……じゃないよな？

いや、まさかだ。そんなわけはない。忘れろって言ってたし、勘違いは消しておこう。

「っはっ。ふうー……」

そのとき、肺から溜《た》まってた息がドッと出た。俺は、自分の呼吸が浅かったのを自覚する。脈が速い。ドキドキしていた。

きっと、『異性の水着を選ぶ』なんていう初体験に緊張したんだと思った。

ほら、経験したことないことって緊張するからな？

◆

サンダルのすき間を流水が通っていく。ひんやりとした感触を足に感じながら俺は、ハンドガン型の水鉄砲を構えてこう言った。

「これより、第一回・水鉄砲バトルロワイヤルを開催する！」

「うおおお、燃えてきたよー！」

俺たち黒澤家とその友人は、周囲の利用者から離れたあたりに集まっていた。

ここならば、派手に騒いだって迷惑にはならないはず。

「ルールをもう一度おさらいしておくよ。合図とともに水を溜める。そこから先は、全員を敵にした水の撃ち合いだ。頭に当たったら即失格、胴体に当たれば2発で失格。最後まで立ってたプレイヤーが勝者だ」

嶋さんが頷《うなず》いた。

「分かりやすくていいじゃん？　しかも勝った人は、全員になんでも言うことを聞かせられるんでしょ」

「まぁ、常識の範囲でひとつだけ、だけど。こういうのあった方が盛り上がるでしょ」

「アガるね！　これはぜったいに負けられないよ～。わたし、今日だけはユキ君にも嶋さんにも負けない。叶《かな》えたい事、あるんだ……！」

佐中さんは主人公すぎる顔で主人公すぎる台詞《せりふ》を言っていた。

「ねえ、『メアリーさん』、ウチのことは寧々花《ねねか》様でもいいんだケドー？」

「も、もう、嶋さん！　あれは演技でスイッチ入れてるからそう呼べたんだよ」

「あはは、そう。からかってごめんねぇアリサ」

明るいコミュニケーションだったけど、ふたりの間にはまだ高い壁がある。

だからこそ、今回の対決企画を提案したんだ。真剣勝負で、友情を育む……みたいな？

その結果、佐中さんが今回の遠出をより楽しんでくれれば良いんだけど。

「ふん、射程は３ｍか。１００均の安モンだと性能はこんなもんかね。ちゃちいけど悪くはねえな。まずはどいつから捻《ひね》り潰すかっつー話なんだが……」

「ひじ姉。ひとりだけガチ視点すぎてキモいよ」

あくまで息抜きなんだよなぁ。

「あ？　当たり前だろユキ、命令権が賭かってんだ。私はなりふり構わず行くね。ＪＫ《ジェーケー》とＤＫ《ディーケー》の水着写真をポーズ付きで撮らせてもらうぜ、海回の資料のためになあ！」

「真剣勝負ですね、聖《ひじり》さん！　わたしも思考をがんがん回して攻めちゃうよー」

「ウチもお願いごとは決まったしぃ。ま、いっちょ狙ってやりますか。勝ち星ってやつ」

あ、あれ？　思ったより本気なんだな、ひじ姉以外も。ちゃっ、とプラスチック製ウォーターガンを構える三人の目はギラついていた。

まあ、盛り上がるのはいいことだろう。早速、俺はカウントダウンを始めることにした。

「心構えはよさそうだな。それじゃあ全員離れて……よし、距離は充分とれたと思う。行くよ、3、2、1——」

全員が、腰を低く落とした。

「——ゼロ」

戦いの火蓋は切って落とされる。

俺はきゅるきゅる回して分離したタンクを川のながれに浸した。泡を出してすぐに溜まったソレを装填、銃口を最初の標的へと向ける。

「ハッ！　まずは私を狙ってくるよなぁ、ユキぃ！」

「悪いけど、この戦いにオトナの思惑は要らない。早めに退場してもらうよ」

挨拶代わりに、互いに一発——左右にステップを踏んでるため、どちらも命中しない。

「くそっ。FPS経験者はムダにそれっぽい動きをするから厄介なんだ……！」

「そりゃお互い様だろーが！」

どちらもヘッド狙いの初撃を外した。

水を溜めている間は無防備になるから、弾の残量は限られている。俺たちは、銃口を向けあった状態のまま牽制《けんせい》しあった。

横槍《よこやり》を注意して横目で見たら、佐中さんたちも同じ状況だ。ふたりとも動けていない。

「膠着《こうちゃく》状態だなぁユキ。だが私には、あんたにないとっておきの秘策がある。第二の武器を使わせてもらうぜ」

「は？　秘策……？　第二の武器？」

戦いのなかの軽口か、それともハッタリか。ひじ姉は意味ありげに笑った。

「刮目《かつもく》しな――！」

そして彼女は、いきなり跳ねるようなステップを開始した。そのたび、巨大と評してもいい胸がたぷたぷ揺れる。

「こうやって飛び跳ねれば、思春期の男子高校生なんざ私の胸に夢中になる！　ここは『女の武器』を使ってでも勝たせてもらうぜ！」

「何やってんのマジで」

無意味に動いてたから胴体に2発撃ってやった。

「見惚《みと》れて動かないとか無いから。はい退場。じゃあねひじ姉」

「……弟より可愛《かわい》くない生物って、地球上にいる？」

恨み言をいう姉は放っておこう。俺は、じりじりとした間合い勝負をしている同級生ふたりの下《もと》へと近付いていった。

「うわわっ、ユキ君まで近付いてきちゃった」

「ちょ、三人でやるつもり？」

「ああ、三《み》つ巴《どもえ》になるな。俺も勝ちに来てる」

女子たちに叶えてほしい願いは思いつかないけど、これでもゲーマーの端くれだ。息抜きだとしても、ちゃんと勝負することが、盛り上がりの秘訣《ひけつ》だと思ってる。

勝ちを狙う上で、相手すべきはどちらからだろう？

佐中さんは、どちらかというと遊び慣れてない方らしい。及び腰だ。後回しでいいだろう。となると——

「嶋《しま》さん。相手してもらうよ」

一気に標的との距離を詰めた。

「……っ！　へー、いきなり当ててくるとか、やるじゃん」

ヘッドを狙ったけど、狙いがズレて鎖骨らへんに命中してしまった。嶋さんは俺への警戒を強めて、より距離を取ってくる。

「わー。いまの動き、男の子って感じだなー……とかゆってる場合じゃないかもだ。嶋さん、わたしと組もう！」

「な、なんだと……？」

「敵の敵は味方ってやつ？　やばいウケる、ひとまずそうしよ。同時に撃っちゃえ～」

「共闘だと!? くっ、卑怯《ひきょう》だぞ、おまえたち！」

俺は雑魚《ざこ》っぽい表情で雑魚っぽい台詞を吐いていた（無意識）

「ふふふ、実力で劣る者が策を講じるのはあたりまえだよー。ご主人様には、ここで倒れてもらいます♡」

フリルの水着を着たメイドさんが、天使の笑顔で銃口を向けてる。思いっきし反逆されてた。なにかに目覚めそうになるなぁ。とか言ってる場合じゃない……！

「テキトーに撃っときゃ、いつか当たるでしょ」

「そうだね。バンバーン☆」

笑顔の女子高生に挟み撃ちにされていた。必死の形相になって避《よ》ける俺。そういう悪趣味な狩りかと思ったよね。こ、このままブザマにやられてたまるか！

「……あっ、やばっ、弾切れっ」

余裕の表情だった嶋さんが、一瞬で焦《あせ》り顔になる。

「好機……！」

俺は間合いを詰めて、避けるのに徹しはじめたギャルを冷静に狙い、発射——着弾。見事、ふとももの辺りに冷水が当たったった。

「きゃっ、冷たっ……あー2回目だ。やられちっった」

「よし、残すところは佐中さんだけだな……って、えっ」

背後から硬い感触。

濡《ぬ》れぼそった銃口が、振り返らんとする俺の後頭部に突きつけられていた。

「はーい、ご主人様、動かないでねー。バーン☆」

ヘッドに一発。即退場。

「……やられた」

注意してたはずなのに、いつの間に距離を詰められてたんだろう？

「やったやった！　わたし、Ｗｉｎ！　最後の最後で勝ちを持っていけちゃったー」

「やるねぇアリサちゃん。バトロワの醍醐味《だいごみ》みたいな駆け引きだったわ」

「ま、これはアリサの勝ちで文句ないかな～。すごいすごい」

女子陣から称賛の拍手がぱちぱちと贈られる。

俺？　注意不足を恥じてそれどころじゃない。ガチでのめり込んでいた証《あかし》だった。

「……なあ、佐中さん。今回の俺の敗因って、なんだったと思う？」

「えー？　そんなの決まってるよー」

佐中さんがにっこり微笑《ほほえ》んだ。

「わたしにかまわなかったからだよ、ご主人様！」

「……参りました」

真っ先に狙うべきはこの才女だったのかもしれない。そう思った。

◆

レジャーシートに座ってお昼休憩だ。先程より雲量の増えた空の下、佐中さんが作ってくれた弁当を摘みながら、俺たち四人は談笑していた。

「そんでアリサ、まだ命令は決まってないん？　あ、これウマー」

綺麗《きれい》な卵焼きを口に運ぶ嶋さんが訊《き》いた。

料理を褒められた佐中さんは一瞬ぱっと笑顔になったけど、すぐに元の悩ましげな顔にもどり「うぅん」とまごつく。

「内容は決まってるんだけど……言葉にするのが、けっこー恥ずかしくて」

「な、ナニを言い出すつもりなんだ……？　佐中さん、あくまで常識の範囲でだよ」

「も、もちろん理解してるよ！　えぇっと……聞いて、ユキ君」

箸を置いて姿勢を正す佐中さん。深呼吸ののち、大きめな声量でこう告げた。

「わたしのこと、呼び捨てにしてほしいの！」

「え」

「アリサって呼んで。さん付けはしないで」

「いや、それは……。……敗者に拒否権は無いよな。分かったよ、アリサ」

「〜〜っ」

佐中さん——じゃなくて、アリサは急に喉が渇いたのか、プラコップの烏龍茶《ウーロンちゃ》を一気飲みした。それを姉が微笑ましげに見てる。

「ユキは呼び捨てとかほぼしないからな。『女子を下の名前で呼ぶとか無理』とか思ってるタイプだろ」

「そ、そんな事実はない……こともない」

図星だった。身内に思考回路が知り尽くされてるのってヤだな？

「あっははソレ分かります。てかさー、ウチも寧々花《ねねか》でいいんだけど。友達じゃん、そう呼んでくんない？」

「いや、嶋さんのお願いは勝ってないから聞けないな」

「はー、頭固っ。ウチが勝ってたら、これ頼もうと思ってたのに。アリサにも下の名前で呼んでほしかったのにさ〜」

「えっ……わたしも。勝った事にかこつけて、嶋さんのこと下の名前で呼ぼうとしてた」

ふたりはぱちくりと目を合わせた。

なんだ。お互いに、考えてたことは同じだったんだ。

「じゃ、じゃあね……わたし、ネネちゃんって呼んでもいい？」

「や、ウチがアリサのあだ名呼びを断るわけないっしょ。てか雪人も、ネネでいいよ」

「俺はあだ名とかは——はあ、わかったよ。今後は寧々花って呼ぶから、これでひとつ」

結局、俺は下の名前を口にしていた。

よほどバツの悪い顔をしてたんだろう、ふたりは俺の顔を見てクスクスと笑ってる。

なんだか、グッと距離が縮まったみたいだった。これにて一件落着かな——

「うわ」

——と思ったそのとき、ひじ姉が手のひらを上に向けた。

「降ってきやがった」

ぽつ、ぽつぽつぽつ。灰色の雲から小雨《こさめ》が降りはじめる。通り雨かもしれないけれど、大事をとって利用者のみんなが川から上がった。

「うわわっ、どうしよう。いったん避難しないとお弁当濡れちゃうよー」

アリサが急いで片付けをはじめた。

山の天気は変わりやすい。施設の管理員も来て、様子を見るように拡声器で伝えた。

結局、雨はそのまま勢いを少しずつ増していって、食後の川遊びは中止になった。
自然現象だ。フツーに考えれば、そういうこともある。
楽しいことって、意外といきなり終わりが来るものだった。

7　手の届かないあなたとの距離

湯上がりの俺は、温泉施設の休憩スペースに横たわっていた。雨で少し冷えた体と、川遊びで疲れた脚が、休まっていくのを感じる。

「いいお湯だったたねぇ」

「ああ、上がったの佐中さ……アリサ」

「ユキ君、呼び慣れてないー」

俺のまちがいを楽しそうに茶化して、アリサは俺のとなりにストンと腰を下ろした。これだけ広いというのに、どうしてまたすぐ近くに……もういいけど。

「他のふたりは？」

「どっちも長風呂《ながぶろ》が好きみたい。わたし熱いお湯ってニガテだから、すぐに上がってきちゃったや」

「そうなんだ」

「あとあと、髪伸ばしてるから。乾かすのにも時間が掛かるし、早めに済ませないとね」

さらりとした長髪をアリサは指で持ち上げる。高級な絹糸のように流れるそれは、温泉に備えられた業務用シャンプーの匂いを振りまいていた。

「ああ、そうなんだ……」

「む、ユキ君がなんか淡白。もしかして機嫌わるい？」

「いや……そうじゃなくて」

単に緊張してるだけだった。湯上がりの可愛《かわい》い子と会話する機会なんてない。こればかりは、そうそう慣れるもんじゃなかった。

「なんか喉が渇いたなぁって思って。喋《しゃべ》りにくくてさ」

「あ、わたし、売店で買ってこよっか？　なんてったってメイドだからね！」

「そんなお使いみたいな真似《まね》させられないって。いまのアリサはオフなんでしょ。どうせなら一緒に行こうよ」

「……う、うん。わかったー。すぐ行くよっ、いま行くよっ」

俺は片肘をついていた畳から、重たい腰をあげて、ゆったりと立ち上がった。

アリサはすでに立ち上がり、俺が動き出すのを待ってる。存在しない尻尾もぶんぶんと振られていた。

「はやく行こっユキ君、売り切れちゃうかもっ」

「そんなギリギリで経営してないと思うよ」

まあ、昼食後の川遊びは中止になったからな。その埋め合わせだ。今後もメイドとして働いてくれる彼女のために、俺は何かしてあげたかったんだ。

喜んでもらえればなにより。というわけで、ふたり並んで施設内の売店に来た。

「あ、ソフトクリームあるんだって。美味《おい》しそう。いいなーいいなー」

「それじゃあコレ買おうか。奢《おご》るよ。すいません、ソフトクリームふたつ」

「そ、即決!?　うわわ、味、味。味決めてないよ、どうしよう」

「俺はバニラにするよ。シンプルイズベストってことで」

「え、えーとわたしは……うー、選択肢が多くて、すぐには決めれないよー」

「ならアリサも同じのでいいんじゃない？」

そういうことになった。会計で600円を払い、俺たちはソフトクリームを舌先で味わいながら、また元の休憩スペースへと戻る。

畳何畳分かというくらい広いこの空間には、俺たちの他に、大学生らしき若者グループや老夫婦が何組かいるだけだった。みながのんびりと過ごしている。

「うーん……違う味にしておけばよかった、かな……」

ゆったりした口調で、アリサが後悔していた。

「え、なんで？　美味しいじゃないバニラ。いつだって変わらない、安心する味で」

「けど、違う味にしたら、味見でふたりとも別種類を楽しめたよー。わたし、チョコとかにすればよかったや」

たはは、と、アリサはなんでもないように笑ってる。でもそれだと間接キスということになるんじゃゃ……なんて、この純粋な子が考えてるわけないか。

「まあ、べつにいいじゃん。バニラ味で」

「んー……そーだね」

真顔になったアリサはまた、ちろりとアイスを舌で舐《な》めた。

ふたりして、言葉少なく、ただ涼しい甘味を楽しむ。よくある夏の風物詩。

こんな穏やかな時間が今後も続いていったら、俺はそれで――

ぶぃー、ぶぃー
「あ、ごめんなさい、電話が……えっ」

濁点のついた驚愕《きょうがく》をしめす母音。焦《あせ》ったようなアリサが俺に見せてきた画面には「パパ」の二文字が表示されていた。

「もう、なんなの、こんな良《い》い時にー……無視していいかな」

俺もなんだかモヤッとした気持ちになったけど、さすがに無視はダメだろう。

「居留守はよくないと思う。パパさんも心配してるんじゃない？」

「えー？　でも久々で、出にくいなぁ……ユキ君、いっしょに出てくれる？」

「えっ」

　こんどは俺が濁点付けちゃったよ。

　しかし迷ってる時間はない、まだコールは続いてる。

　せっかく向こうから掛けてくれたんだ。ふたりの喧嘩《けんか》を解消できるチャンスかもしれない。

「いいけど。俺は萎縮して喋れないよ、たぶん」

「それでいいの。横でいっしょに聞いててくれたら、それで……スピーカーにするね」

　周囲の迷惑にならない音量まで下げたあと、アリサがスマホ画面をタップする。通話状態に切り替わったそれは、静寂を貫いていた。

「やっと掛けてきてくれたと思ったら、無言？　いたずら電話のつもり？　わたし、生憎《あいにく》とまだパパのこと許してないから！」

『すまなかった』

　電話口から聞こえてきたのは、米国人のイントネーションをもって伝えられる謝罪の言葉だった。

「どっ……ど、どういう意味で言ってるの」

アリサとしても、開口一番で謝られるとは思ってなかったらしい。何度も噛《か》むほどに動揺している。

『ママが死んでからの僕には、娘と……アリサと同じ時間を過ごす努力がたりなかった』

「そ、そう……そうだよパパ。ほんとうに分かっているの？」

『分かってる。娘の居ない第二の家で反省した。もう一度言う。すまなかった。許してほしい』

落ち着いたバリトンボイスが、母語ではない言葉を慎重に選びながら、ゆっくりと、謝罪の意を示した。

「えっと、ええっと……」

横を見れば、アリサは言いよどんでいる。

許すの言葉が言えそうにないらしい。

「そんなの、口だけなら、いくらでも言えるもん。反省してるってゆーなら、態度で示してもらいたいよ」

『そう言うと思って、来週の予定はすべてフリーにした。沖縄でもマレーシアでも、どこへだって行こう。何泊だってかまわない』

『だから、まずは許してくれないだろうか。親子の話は、それから始めたい』

「……こっちこそごめんね、パパ。わたしも時間を空けて考えてみて、後悔はしてたの。わがまま言ってたのホントは気付いてた。ごめんなさい……！」

頑固らしい父親と頑固らしい娘がどちらも謝った。

なんだ、いざとなったら助け船を出そうと思ってたのに、俺の出る幕はなかったみたいだ。

これで仲直り、だな。

ほっとすると同時に——俺はどこか、嫌な予感に包まれていた。

たとえばそれは、点滅する青信号を渡ってる途中で激しく転んでしまった時のような、焦燥感にも似た気づき。モヤモヤの正体。

『それで……アリサはいつ帰ってくるつもりだ？』

そうだった。

多忙な父親からの謝罪は——家出中の佐中アリサが、帰宅条件として定めていたことでもあったんだ。

この家出中の同級生が俺の家に居座る理由はもうない。道理もない。


「…………」

「いつって、え、いつ……がいいんだろう？」

俺に聞かないでよ。

とは言葉にはせず、首を振るジェスチャーだけで返した。

「えっとね。帰るのはまだ、ちょっと考えちゅーっていうか」

『いいや、まずは帰ってきてほしい。黒澤サンだったかな、あちらのご家庭にも迷惑を掛けているだろう。今後の話は帰宅してから始めたい』

「せ、正論だよぅ。どうしようユキ君、わたし帰ったほうがいいのかなー……？」

困った表情で、アリサはまたぞろ俺の方を向く。

「……まあ、普通に考えたらそうだな。帰るべきだ」

俺の態度は一貫してるつもりだった。

家出という状態は、よほどの事情がない限り、よくないことだと思ってる。

そんなバッドステータスは解消されるに越したことはない。

常識的に考えて、願ったり叶《かな》ったりのはずだった。

なのに……どうしてモヤモヤは消えないんだろう。

『その声は、アリサを泊めてくれていた同級生の黒澤サン……だろうか』

「えっ、あーはいそうです、黒澤雪人です」

世界的な映画監督に名前を呼ばれて、一般人である俺の声はひどく上ずった。

『娘が世話になったね。友達の少ない子だから、これからも仲良くしてやってほしい。……男の子というのは、驚きだが』

「は、はあ」

『…………男の子……というのは驚きだが」

どうしたんだろう、同じことを2回言ってる。

それに、声音にどこか悲壮感が漂っている気がしたけど、まさかな。

世界的な映画監督が「娘に男友達がいる」というだけでショックを受けるわけがない。

そうだろ。特別な人間なんだ。

「も、もうっ。パパ、子ども扱いするなら切るからね、バイバイ！　あとでまた連絡するから！」

『待ちなさい、僕はまだ黒澤クンと話が――』

通話をブツ切りし、アリサは即座にスマホの電源を切った。画面が真っ黒になる。

「邪魔者はいなくなったね！　さあユキ君、ソフトクリームが溶けちゃいそうだよ。急いで食べよっ。あー、帰ったらなんの料理作ろうかなー？」

すごい勢いで現実逃避してた。

「きょうはハンバーグにしようと思ってるの、初挑戦！　あしたは焼き魚とかで簡単に済ませて、そのぶん明後日《あさって》は豪華に――」

「あのさ、パパさんは忙しいのに予定を空けてくれたんでしょ。親子喧嘩《げんか》も終わった。やっぱり帰ったほうがいいと思う」

逃避するメイドさんに、俺はあらためて、自分の意見を伝えた。

とはいえ最後に決めるのはアリサだ。当人の意思を尊重したい。

仮に、彼女がまだ帰りたくないと言うのなら、俺も世話になった礼として、最大限の力を貸すんだけど――

「う、ん」

半分溶けたソフトクリームに目を落として、アリサは素直に頷《うなず》いた。

「わかったよユキ君。明後日には帰るね」

◆

アリサが実家に帰る、前日の夜。

ここ、黒澤家ひじ姉支部では、ささやかながらも『犬耳メイドさんお別れパーティー』

が開催されていた。

「うぇ～ん、ぅぁーん、ひっく、ぅぁおーん……！」

「酔いすぎたひじ姉がバケモンの泣き方してる……」

いつもの男勝りな性格はどこへやらだ。ずびずび鼻水を啜《すす》りながら、アリサが作った簡単なおつまみを口に運んでた。

「わ、聖《ひじり》さん酔いすぎだよー。ちょっと待っててください……はい、これどうぞっ。ぐいと一気にいっちゃってー」

キッチンからぱたぱた走ってきた犬耳メイドが、コップの入った水を差し出す。ひじ姉はそれを受け取って、またちびちびと飲み始めた。

「ありがとうアリサちゃん。気が利《き》くいい子だね。あなたはもう、どこに出しても恥ずかしくない犬耳メイドだよ……！」

我が家の外に出すなよ、そんなサブカルじみた存在。

……とツッコミたかったんだけど、これから実家に帰ってもらうんだった。

アリサも別れを意識してるのか、「うれしいですー」と控えめに照れた。

「てかひじ姉、酔いが回ったにしては泣きすぎでしょ。どうしちゃったのさ」

「はあ？　いやあんた、感動するに決まってるじゃんか。初日は家事未経験～つってた、世間を何も知らなそうな家出っ子がだよ？　いつの間にか超成長して、お別れのパーティーの料理を自ら用意してくれてさぁ。あヤベ、涙腺が壊れる。うぇぇ～ん」

ひじ姉はまた泣きはじめた。身内の泣き顔って見たくないなぁと思った。

「まあでも……そのとおりだな」

たしかにテーブルの上の品々は豪華だ。

これらすべてを、料理をやり始めて、そう期間の経《た》ってないアリサが用意したんだ。

そう思うと、じぃんと胸にくるものがある。

「でもでも、作るのむずかしい料理はスーパーの出来合いだよ？」

「いや謙遜しないでいいよアリサ。最後の日まで色々と家事をやってくれて、助かった」

「うん、アリサちゃんのおかげで癒やされたよ。ありがとう！」

「い、いえっ！　お礼を言わなきゃいけないのは、むしろわたしの方です。ありがとうございま……したぁ」

躊躇《ためら》いの混じったような語尾だった。

これだけの品を用意したんだ、疲れてるのかもしれないな。

「もうひじ姉の水を取りに、食事中に立ったりとかしなくていいよ。お別れパーティーの主役でしょ。俺がやるから。座って座って」

「う、うん……」

主役の側だっていうのに、彼女はパーティーを楽しんでいないように見えた。

そんな浮かない顔のメイドさんに、ひじ姉がだらりと抱きつく。

「アリサちゃぁん」

「わわっ、ひ、聖さん⁉」

「やっとこの生活に慣れてきたのに、私寂しい。寂しいよぉ。アリサちゃん、家出を延長してくれ～……頼む～……」

「え、えっ？　それは……ぜひ任せてくださいっ。そういうことなら、わたし――！」

「こら、ひじ姉。酔っぱらいの行動がすぎるよ。優しいアリサを困らせるなって。フツーに明日、親御さんが迎えに来るんだから」

彼女はしっかりとした自らの意思で、帰ることを選んだんだ。

俺たちに引き止めることはできない。

「んなこたぁ分かってるよ。これ冗談ね。悪いオトナのお誘いだった。忘れて、アリサちゃん」

「あぅん」

犬耳メイドさんは「あ、うん」を高速で言っていた。

それは、どこか悲しげな鳴き声っぽくもあった。

◆

マンションのエントランスを出たところで俺たちは迎えの車を待っている。

「聖さん、これ、ぜんぶ貰《もら》ってしまってもいいんですかー？」

リュックを背負ってるアリサが、膨らんだ背中のそれをぱんぱん叩《たた》いた。内側には、姉が買い与えたメイド服やらが破裂しそうなほど詰まっている。

「ん、貰っとき。家に置いといても、どうせ着れるヤツいねーから。給料代わりの現物払いってことで」

「うぅ。タダで置いてもらってたのに、服まで貰っちゃったよ。家でも着倒しますね！」

「実家でメイド服はヤバいんじゃないかな」

私服姿のアリサに俺はツッコミを入れた。

彼女は夏休み3日目と同じ格好をしている。違うところといえば、我が家にあった使ってないリュックを背負ってるくらいだ。

帰っちゃうんだなぁ、というのが実感として湧いてきた。

「そっかぁ。じゃあ制服は大事に仕舞っとくねー……あ、そうだ。ユキ君にこれあげるね」

「え。あー、なにこれ」

彼女は思い出したように、可愛《かわい》いメモ帳を渡してきた。

受け取って開いてみる。丸っこいかわいい字が、紙面を埋め尽くしていた。

で、肝心の内容は……えーと、なになに？

『ユキ君にもできる、夜ごはん簡単レシピ♪』『ユキ君と聖さん必見！　楽ちんにできるトイレ掃除の方法』『ユキ君にはできないかも？　アリサ考案・片付けのすべて！』

「やかましいわ」

俺はよく見ないで閉じた。ユキ君にだって出来るんだが⁉（謎のプライド）

「あー、ひどいよ！　昨日けっこー頑張って書いたから、あとでちゃんと読んでね。栄養バランスを考えない食事はしちゃだめだよ」

「まあ、分かった。このメモを頼りに、残りの夏休みは乗り切ってみるよ。さんきゅ」

「う、うん！　お礼なら、えっと、なで――」

そのとき一台のタクシーがマンション前に止まった。

出てきたのは、長身の中年男性だった。

ゆうに190㎝は超えてるかもしれない。鬚《ひげ》をたくわえたその外国人男性は、高い鼻の近くの眼窩《がんか》を、寝不足のクマで低く窪《くぼ》ませていた。

居るだけで華がある。

なにか特別な地位についている人間の放つ、オーラとしか呼べないなにか。

俺たち黒澤家の興味関心は、その男性に吸い込まれてしまっていた。

「はじめまして、黒澤サン。そして久しぶりだな、アリサ」

「……相変わらずタイミングがわるいなー、パパは」

親子ふたりは、挨拶代わりの軽いハグ。

しかし父親はそれ以上の頬ずりやキスなどはせず、離れていった。

久しぶりに会ってそれだけなのか？　と俺は思わなくもなかった。

「やっべー、ガチ本物きた……あ、お初にお目にかかります。私、アリサさんの保護者代理をしておりました黒澤聖と申しますが」

「Oh……若くてびっくりしたよ。前に電話の相手をしてくれたのは君かな、ミズ黒澤」

「は、はい。そうです」

いつもは頼れるひじ姉（外面モード）も、憧れの人を前にしてはたじたじだった。

「あの時は私も、いくつか失礼をしてしまい……」

「ハハ、気にしてない。僕は娘の怒りが本気だということを知らなかった。君の説得のおかげで気づけたんだよ」

どうやらアリサがうちに同棲《どうせい》するにあたって、口論のひとつでもあったらしい。

それを水に流せてしまうあたり、オトナの会話という感じだなぁ。

「そ、そうですか！　そんで、あの、ふへへ、もしよかったらサインとか貰っていいっすかねぇ⁉」

「ひじ姉……」

常識のあるオトナから、ただのファンの20代女子になっていた。俺はがっかりした。

「サイン？　喜んで。書くものはあるかな」

「いいんすか！　いやぁ、いい機会なんで私、作品作りについて色々聞いてみたくって。たとえば二作目のプロットで――」

映画監督と漫画家が、専門用語交じりの難解な会話をしはじめる。暇になった高校生の俺たちだった。

「それでねユキ君、話の続きだけどー」

「え？　続き？」

なんだっけ。何の話をしてたっけ？

パパさんの登場のせいで、会話の流れを忘れてしまった。

「メモのお礼なら、なでなででも良《い》いよって言おうとしたの！」

「なで……ああ」

彼女はさらさらと流れる髪の生えてるてっぺん、頭頂部を指さしていた。

「どうぞ、この犬耳メイドの頭部を、遠慮なく、わしゃーっと！」

「いや、違うじゃん？　きのうをもって退職したんでしょ」

冗談めかしてツッコんだけど、今の俺は、アリサをメイドさんとして見ることはできなかったんだ（犬耳も付けてないしな）。

「むっすー……ユキ君のつれなさには呆《あき》れるほどだよ。もう同じ屋根の下じゃないんだから、最後くらい、してくれてもいいじゃない？」

頰を少しだけ膨らませて冗談っぽく怒るアリサは、まあ可愛い。

同じクラスの佐中さん。学園のアイドル的存在で、クラスのマスコット的存在で、俺の後ろの席に座っていて――夏休みの間、たまたま泊まっていた同級生の友達。

客観的に整理してしまえば、そのていどの距離だ。

だから、撫《な》でるとかはもうできないんだけど。

「最後って、べつに一緒に住まなくてもそのうち会えるだろ。ほら、お別れの握手」

俺は手を差し出した。

撫でることは無理でも、女友達に対しての握手くらいなら、出来なくもない。

「そ、そーだよね……またこんど、ね。わたし待ってるから。約束だよ、ユキ君！」

ぎゅっと握られる手の感触は、いつもどおり柔らかかった。

「ああ。約束な」

反芻《はんすう》するかのように、なんとなく俺もそう返してた。それを聞いて、アリサは満足げににっこりと笑う。

しかし、「待ってる」とか「約束」とかって、大袈裟《おおげさ》だなぁこの子。

夏休みが終わったら、また学校で何回も会うことができるのにな。

映画監督と漫画家のトークが終わって、いよいよアリサが帰るという段になった。タクシーの運転手さんだって待たせっぱなしだ。

「それでは、今日はこのあたりで」

タクシーの前でお辞儀するパパさん。日本人の奥さんが居たからか、日本文化にもばっちり理解があるようだった。

「それと……黒澤クン」

あった。

隠された真の実力が

ね。

「お、俺ですか？」

射貫くような眼光だ。それは、ひとりの人間を値踏みするような眼《め》でもあった。

やめてほしい。俺はそんな、見抜くほど価値のある男でもない――隠された真の実力があるとかじゃなくてマジでね。

「キミとはまた、一対一で、ゆっくりと話をさせてもらいたい」

「えっ、いや、俺が話せるようなことは、何もないんですが……」

どうして眼をつけられたんだろう？　俺は萎縮した。緊張で喉がひらかない。蛇睨《にら》みとはまさにこのことだと思う。

「俺は、ひじ姉みたいな映画の話なんて到底できませんし……俺なんかがパパさんと喋《しゃべ》っても……」

「待て、パパさんだと？　僕はまだ、そう呼ぶことを許してないんだが」

「す、すみません。呼び方をまちがえました……」

どうも本調子じゃない。普段なら、こんな凡ミスはしないはずだった。

「キミとはやはり、深く語りあわなければならないな。どうだろう、こんど僕ら三人でディナーでも――」

「パパいいから、ほんといいから。ユキ君のまえで恥ずかしいからやめて、もう乗ってよっ」

ぐいぐいと背中を押して、アリサは父親を後部座席へと押し込んだ。

「ま、待ちなさい、まだ話が……今日は時間がないから、また後日、このお礼は必ずさせてもら」

バンッ。『いたい』を言い切るまでもなく、アリサが一旦ドアを閉める。

「はー。もう、ユキ君に絡《から》むのやめてほしいよ。ごめんね、うちのパパが」

「い、いや……大丈夫」

ぱたぱた顔を扇いでるのは、夏の暑さのせいだけじゃないと思う。アリサも同級生に親を見られるのは嫌なんだなぁ。

「それじゃあ、またこんどね、ユキ君」

アリサは自分でドアを開けて、後部座席に乗りこんだ。

窓越しに手を振る、どこか寂しげな微笑の同級生。待ってくれてた運転手さんが、こちらに会釈《えしゃく》する。タクシーはゆっくりと走り出していった。

「……行っちゃったな」

姉弟《きょうだい》ふたりして、角を曲がるまで見送った。

「寂しくなるけどさ、気ぃ落とさずにいこうぜユキ」

「そうだな。明日からはまた俺が朝メシ作りの担当だもんな。えっと、食パンは何枚残ってるんだっけ。ジャムは切らしてるよな？」

「あんた、また朝から同じメニューばっかにする気⁉　……まっ、そんだけの軽口を叩《たた》けるなら平気かぁ」

ひじ姉に肩を軽く叩かれた。彼女はそのまま、エントランスの方へと戻っていく。

「おーい、何してんの。置いてくよ」

そう声を掛けられて、ようやく脚が動いた。

俺は未練がましくも、アリサとその父親を乗せたタクシーの行く先を、なんとなく見つめ続けていたんだ。

◆

犬耳を付けたメイドさんが居なくなっても夏休みは続く。

朝ごはんの用意をするのも久しぶりだった。

「また朝からパン・パン・パンの毎日かよ……最近は、アリサちゃんの炊いたご飯と、できたての味噌汁《みそしる》があったんだけどな」

「嘆いてないでよく見てひじ姉。今回はアリサのメモを参考にしたんだ」

手元のかわいらしい丸文字に目を向ける。

『ユキ君、朝はバナナが健康にいいんだよ！』

「というわけで、ちぎったバナナを載せてみました」

「切れよ、ちぎんなよ、なんのために包丁があると思ってんだよ」

料理経験のまるでない俺は、できるだけ包丁を持ちたくないのだった。これは料理やりたくない人あるあるだと思います。

呆れるひじ姉が、むしゃりとソレに齧《かぶ》りつく。

「お、うめー。これもうほぼバナナクレープだわ……って、心にもないことで褒めたら、明日《あした》はもっと凝ったの作ってくれる？」

「俺に料理の向上心はないよ」

その後、俺はひじ姉に『こころ』という文豪の小説を押しつけられた。

読んでいったら「向上心のないものは馬鹿だ。」って書いてた。遠回しな文句だった。

俺はそこで読むのをやめた。

それから、登録チャンネルの新作をチェックして、ソシャゲのイベントを回していたら、いつのまにか寝る時間になっている。

アリサの居ない夏休み。望んでいたはずの、ありふれた俺の夏休み。

つまらなくはない代わりに、そこまで楽しくもないよなぁと思った。

◆

扇風機をガンガンに回そうと、暑くて寝つけない夜はある。

「……あー、限界。起きるか」

最近はメイドさんに起こされることが多かったから、生活リズムが完全に整っていたのだった。

いっそ夜更《よふ》かししてやろうと思い、俺はだれもいないリビングへ向かった。

静かだ。閉め忘れていたカーテンの向こうで、夜の街の光だけが、寂しさを誤魔化すように輝いている。きらきらとカラフルな色。

どうでもいい。電気をつけるのも面倒だ。俺はソファに座ってスマホを眺めた。ブルーライトが目に痛い。

通知はとくに入ってなかった。誰からのメッセージもない。

「アリサは今ごろ旅行中かな」

彼女が帰ってから一週間が過ぎていた。

今頃は、あの映画監督のパパさんと、マレーシアのホテルだろうか。

「………映画ねぇ」

とくに趣味ではないんだけど、俺は試しに、レンタルサイトでパパさんの恋愛映画を借りてみることにした。夏の旧作セールで100円。ただの高校生にも優しい手頃な値段だ。

借りて、再生。

2時間後、俺は静かに感動していた。

映画はまさにクライマックスだ。主人公が秘めていた想《おも》いのすべてを、ヒロインにぶつけるシーン。

どうして俺は……「これ」になれないんだろう?

フツーだなんだって言い訳しないで、もっと、素直になっていればよかったんだ。

「あのときの鑑賞会も、参加してればよかった……」

その方がもっと楽しい映画体験だったに違いない。となりでアリサがわーきゃー言っていて……エンドロールを観《み》ていても、そんな、ありえた過去への後悔ばかり重ねてしまった。

窓の外が明るみだしている。

なのに心は晴れていない。まるで眠れる気がしなかった。

なんとなく、俺は動画サイトに飛んでみた。同じ作品を観た、だれかの言葉が欲しかったんだ。レビューのひとつやふたつくらい覗《のぞ》いてみよう——

「あ、こんなのあるんだ」

関連：【独占インタビュー】フレッド・ホール監督は親日家？　新作映画の見どころは⁉　過去作のこだわりや、親子間の悩みまで！

ふうんと思って、俺はレビューではなく、そちらを観ることにした。「親子間の悩み」という字面《じづら》に釣られたのは言葉にするまでもない。

10秒ずつスキップする機能を駆使して、興味の有りそうなところだけ覗いていく。

『日本語がお上手ですが、どちらで習得されたんでしょうか？』

『妻との会話の中で、自然にだ。あとは、日本で生まれ育った娘と会話するために。努力したよ（笑）』

字幕ではかっこわらいが付いてるけど、動画内のパパさんは小さく口角を上げるのみだ。

表情変化の少ないひとだった。

10秒スキップをまた連打。

『では、私生活での悩みなどありますでしょうか？』

『それは、んん、さっきも話題に出したけど、日本育ちの娘との関係だな』

気になっていた話題にようやく辿《たど》り着いた。

『忙しくて、あの子の相手をしてやれてないんだ。だから、彼女がなにを考えてるか難しくて、喋りにくい――いま、「思春期の娘をもつ父親の典型」だと思っただろ？』

インタビュアーは和やかな笑いを漏らした。俺も考えを言い当てられたみたいで、少し笑えた。

無愛想なひとに見えるけど、パパさんは怖い人ではないんだろうなぁ。

『そのとおり、僕は典型的な良くない父親だ。だから、これからは娘に、父親らしいことをしたいんだが……こんなもんでいいかい？　ファンだって興味ないだろ（笑）』

そうしてまた、映画の話に戻っていくインタビュー動画。

俺は再生を止めて、動画の投稿された日時を確認した。今年の４月。撮影からそんなに時間が経《た》ってない。

「よかったな、アリサ」

俺は素直にそう言えた。

「パパさんの方も距離感で悩んでたんだってさ。わだかまりも解けて、いっしょに暮らせて、旅行にも行けて、よかったよな」

いいこと尽くめに決まってる。

なんならあの子、ファザコン疑惑があるぐらいなんだ。

「そうだ……だからフツーな俺と暮らすより、たまに帰ってくる特別な父親との生活の方がいいに決まってて――」

「うっわ」

振り返ったらひじ姉と目があった。黎明《れいめい》の空が、徹夜中の漫画家のドン引き顔を照らしている。

「やっべー。弟が深夜から一人でぶつぶつ呟《つぶや》いてるよ……ユキ、頭のほうは大丈夫？」

「もっと聞き方があると思うな、俺」

「配慮が足りてなかったか。ユキ、即興ポエムの制作は順調？」

「どんだけ病んでると思われてるの！　詩を作ってたんじゃないからな⁉」

「あー。そー」

どうやら姉は飲み物を取りに来ただけみたいだ。生返事でキッチンへ向かう。

そして彼女は、お茶のペットボトルを抱えて戻る――かと思いきや、ソファに座る俺の横に腰を下ろした。

「悩みあるなら聞くけど？」

「いいって。ないよ。そんなの」

「悩みのない人間は深夜にぶつぶつ喋《しゃべ》んねーよ。ちょい聞こえちゃったんだわ。あんた『普通』とか『特別』って口癖みたいに言ってんじゃん」

「ああ……まあ」

出来のいい姉と比べられた結果、定着した口癖だった。

昔から「かっこよくて、頼りになって、面白い漫画まで描ける、人気者」の姉。

そんな彼女が、深夜の沈んだテンションでこう言った。

「ま、気にすんなよ。比べんな。世界には特別な人間なんざゴロゴロ居るんだわ。普通な私たちは、それと比べたら負けだ」

「は……？」

そんな憧れの姉から卑屈なアドバイスを貰《もら》うなんて、予想だにしてなかったんだ。

「え、え？　待ってよ、ひじ姉はすごいじゃん」

「つっても、私より遥《はる》かにすげえやつは、山ほど居るしな。比べてたらキリがねー」

オトナだと思っていたひじ姉が、子どもみたいな表情で不貞腐《ふてくさ》れていた。夜はひとを感傷的な気分にさせる。

「たとえばあんた、アリサちゃんのパパの映画って観たことある？」

「まあ、ついさっき観た」

「タイムリー。なら私の漫画と比べてみてどう思った？　ああいう大作映画と比べりゃあ微妙なもんだろ、だから――」

「そんなことはないと思う」

割り込むように、ノータイムでそう被《かぶ》せた。

これこそが真実だという口ぶりのひじ姉が、持論をばっさり切られて驚いてた。

「俺は、ひじ姉の漫画のほうが好きだよ」

感じていたことを、そのまま伝えた。……けど、なんか小っ恥ずかしいな？

「ただの身内贔屓《びいき》だけどさ」

「ひと言多いわ。ったく、なんだよユキぃ、照れ隠し？」

「そ、そういうんじゃないけど」

一瞬で看破するなってば。

「照れんなよ。感性は人それぞれだから、自分だけの価値観を大事にしていけー？　てかやべぇ、うちの弟がめずらしく可愛《かわい》い！」

喜ぶ姉が腕を伸ばす。ぽん、と頭に手を置かれた。

「はあ？　撫《な》でんのやめっ……俺は犬耳でもメイドでもないんだけど……!?」

「ははは、アリサちゃんとのやりとりで癖になったわコレ」

年の七つ離れた姉に、髪をくしゃくしゃに掻《か》き乱《みだ》される。

不快なはずなのに、なぜだか不思議と安心感があった。

ふと、アリサもこういう気持ちだったのかもしれないと思った。

なるほど、これは癖になるかもしれない――

気がつくと、まぶたが開くのを怠《だる》がっていた。いつの間にか眠気が襲ってきている。

今ならぐっすり眠れるだろうなぁと、乱暴に撫でつけられながらそう思った。

◆

深夜に映画を観てから眠って、ようやっと起きられた日の夕方。

来客を知らせるチャイムが鳴った。

「ユキー、頼むわー」

「ああ、分かった……」

仕事部屋から家主の声がする（いつ寝てるんだろう）。ちょうど、ソファでだらけるの

も疲れてきた頃だ。俺は立ち上がってインターホンの前へ向かった。

「はいはい、いま出ますよっと。って、ええ?」

エントランスを映すカメラの画面には、おしゃれなギャルっぽい女の子。

嶋《しま》さん……じゃなくて、寧々花《ねねか》だ。約束もなにもしてないはずだけどな。

俺は応答するために通話ボタンを押す。すると、画面内の彼女が手を振った。

『あ、やっほー雪人。来ちゃった。いまって大丈夫?』

「大丈夫だけど……来客の準備とかしてないよ。それでもいいかな」

『お構いなく~。ヨモギ坂さんに、可愛いデザインのことで相談したいことあるんだ』

寧々花はトートバッグから、黄色いB４のスケッチブックを取り出した。

そういうことなら上がってもらおう。幸いなことに、眠気覚ましでシャワーは浴びてる。対応はできるはずだ。

「いま自動ドア開けるよ。家のほうの玄関の鍵は開けとく。自由に入ってきて」

解錠ボタンを押してから2分後。「お邪魔しま~す」という間延びした声が、玄関から聞こえてきた。

俺は対応するためにそちらへと向かう。私服姿の寧々花は、少しだけ顔に汗をにじませながらも、困り笑いで挨拶。

「どども、今日も暑いね。これお土産。冷やして食べたらたぶん最高だよ」

掲げていたビニール袋には、コンビニで買ったであろうゼリーが入っていた。期間限定メロン味。たまにはいいなと思った。

「おー、わざわざありがと。ひじ姉はまだ仕事中だから、それまで待っててもらえる？集中力切れたら部屋から出てくるはずだし」

「さすが同居人は詳しいね。オッケ。それまでは、雪人と適当に何かしてればいいし」

「何かって、たとえば？」

「えーと……『王様ゲーム』とか？」

「ふたりでやっても『交互命令ゲーム』じゃん。なんのドキドキ感もないな」

「ねー、アリサ居たら面白かったんだけど。帰っちゃったんだもんねぇ」

そんな他愛もない会話を、半笑いで交わしながらリビングを歩く。

とくに緊張もなかった。女子を家に入れてるのに、俺、肝がすわっちゃってるなぁ。

きっと、アリサとの同棲《どうせい》経験で慣れたんだ。たった2週間程度のことだっていうのに、それほどまでに、共に過ごした日々は濃かったんだと思う。

「マージで喉から。ねえ雪人、前に出してくれたあのストレートティーって残ってないん？」

「もう在庫切らしてる。アリサが作り置きしてたのは、とっくに全部飲んじゃったしな」

暑がりのひじ姉が作業中にごくごくいってしまった。

「マジかー、残念……それにもう、メイド服を着たアリサは見られないんだね」

「いや、頼んだら着てもらえそうだけどな。あの子へんにノリがいいし」

「あははっ。言えてるソレ。クラスじゃそんなことないのにね～」

その場に不在でも、妙な存在感を出してくる元犬耳メイドだった。

しかし、そのメイドはもう居ない。とりあえず俺は客人に、冷蔵庫に入ってた麦茶とチヨコクッキーを出した。寧々花はソファに腰掛けて、俺はフローリングへと座る。

「アリサ、いまごろお父さんとバカンス中だっけ？　いいな、お金持ち。写真とか送られてきてないの？」

「ない。というか、あれから連絡を取ってないし」

俺がなんでもないようにそう言う——と、寧々花が信じられないものを見るような目をしていた。

「……え、1回も？」

「そうだけど。だいたい、アリサとは夏休みが終わったら会えるし」

このままダラダラと過ごして、ただ時間が過ぎるのを待ってればいいだけのことだった。

そうすれば、二学期のクラスでまた会える。

「や、その考えはないわー……連絡した方がいいよ。あの娘《こ》、たぶん雪人からのメッセめっちゃ待ってると思うし」

「いや、そんなはずは……ていうか、用があったら、アリサの方から声掛けてくるはずだし……」

「こういうのは用とかじゃないの！　男子ってマジそういうとこあるよね。なんなん、雪人はアリサとコンタクト取りたくないワケ？」

「そんなの——」

取りたいに決まってる。

アリサとお喋りがしたかった。

それだけじゃない。俺は『会話以上のこと』だって望んでる。

けれどそんな願望、常識的にみれば通るはずがなかった。大義もなにもない。叶《かな》わない未来だから、この数日は考えないようにしていた。それに——

「あの娘はいま、父親と旅行に行ってるはずだしな。もうパパさんとの生活にも満足してるはずで——」

「ウチはまず『そのお父さんとの旅行はどうなのか聞いたら』って言ってんだけど？」

「た、たしかに。ごめん。いまのは声を掛けない言い訳だった」

俺は秒で反省した（大人びた同級生のジト目はとても怖いなぁと思った）。

肩を落としていると、寧々花も目元を緩める。

「お節介でごめんね。なんか落ち込んでるっぽいから、背中押してあげたくって」

「え、落ち込んでる……？　だれのことだ？」

「無自覚かよー……素直になんなってば。雪人はどうしたいん？」

「……俺は」

またアリサといっしょに住みたい。

犬耳メイドなあの娘との夏休みは、普通じゃないことばかりで、楽しかった。

あの日々を再開したい。続けたい。そう思ってる。

そんなのは子どもじみた我儘《わがまま》でしかないって、分かってるよ。

それでも俺は――また、アリサと住みたいんだと思う。

「……分かった。今日にでも声掛けてみるよ」

たとえ叶わない夢だとしても、手を伸ばしてみることくらい、俺にだってできるはずなんだ。

「助言ありがとな、寧々花。あの子とまた暮らせるように頑張ってみるわ」

「そーそ、連絡してまずは水族館にでも——え、そんな話してたっけウチ？　段階が３個くらい飛んでない⁉」

「そうか？　一度は経験したことだし、心理的なハードルはないけどな」

「……雪人にもヘンなところってあんだね」

失礼なことを言われてる気がした。いや、失礼なことを言われている（断定）。まあいいや。

「でさ、俺ひとりの力じゃ実現できないかもしれないんだ。よかったら、寧々花にも手伝ってほしい」

「ウチに？」

「よかったらだけど、頼めないかな」

俺は真摯に頭を下げる。駄目でもともと、というお願いだったんだけど——寧々花は溜《ため》息《いき》をついて、諦めたように苦笑した。

「顔上げてよ。なんだっけこういうの、乗りかかった車っていうの？　船だっけ？　ま、友達として手ぇ貸せるところなら貸すからさ」

「ありがとう！」

そうと決まったら善は急げだ。さっそく相談してみよう。

「まずはアリサに送る文面について、ひとまずあの子と喋《しゃべ》る約束を取りつけたいんだけど……どう書けばいいかな？」

「そんぐらいは自分で考えな～？」

ギャルっぽい娘にギャルっぽいツッコミを入れられてしまった。

それもそうだ、これまでの人生経験を活《い》かして文面を組もう。

「とりあえず、シンプルにこれでいいか」

「おー、どれどれ？　え、いきなり『会いたい』だけ送ろうとしてる……⁉」

俺のスマホを覗《のぞ》きにきた寧々花が、思いっきり引いている声を出した。

「これはまずいって雪人、とりま理由！　理由と感情は入れたほうがいい！」

「たしかにそうだな。それじゃあ――『犬耳メイドな君と一緒に住みたいんだけど、ひとまず会ってくれない？笑』っと」

「出会い系アプリのやベーやつじゃん！　やったことないけど、出会い系アプリのやベーやつじゃん⁉　あーも、ウチも手伝うからいっしょに考えよ！」

こうして、俺たちは文章の添削に入った。

あーでもないこーでもない、と言いながら、アリサに送る文面を考えてたのは、まあ特殊な暇潰しなのかもしれないけど――

そんな時間すらも、楽しく思えたんだ。

30分後には、一周回ってやはりシンプルなのがいい、という結論に至った。

「よし決めた。『アリサに会いたい、こんど暇な時にでもどう？』にしようと思う」

「それでいいんじゃね？　てかもう、なに送ってもいいじゃん、どうせ喜ばれんじゃんって気持ちになってるかんねウチ」

寧々花は飽きたという風に、ソファにもたれかかっていた。

俺はというと、緊張しすぎて床に倒れたかった。

断られたら辛《つら》いと思う。それでも俺は、あの楽しかった日々を再開したい。まずは聞かなきゃいけないんだ。

だから意を決して、送信ボタンを押すと——すぐに既読がついた。

「え、早っ」

すぐさま飛んでくるメッセージ。

『そのお誘いを待ってたよ、ご主人様！』

「……ははっ」

悩んでた時間は何だったんだろうって思った。

8　ワンダフル・なでなでパーティー！

指定された待ち合わせ場所である街中の公園は、若いカップルが多かった。同世代くらいの男女ペアが、そこかしこにあるベンチを占領している。

アリサはそのうちのひとつに、ぽつん、と肩身を狭そうにして座っていた。

「…………」

きょろきょろと辺りを見回している。どうやら落ち着かない様子だった。そういえば、夜に出歩くことはないって言ってたっけ？

現在、時刻は19時20分。これは彼女から指定された時間の10分前にあたる。

たしか17時とかに「会いたい」って旨を送ったから、本当に急遽《きゅうきょ》会うことになったんだ。

それだけ向こうも、会いたがってくれてたのかな……なんて、痛い勘違いかもしれないことを考えながら、俺は気さくに声を掛けた。

「久しぶり」

「あっ……ユキ君！」

私服姿の彼女は、喜んだ顔で立ち上がる——かと思いきや、また座って自分のエコバッグを漁《あさ》った。

そして見覚えのあるカチューシャ（※犬耳）を装着。

「なんで？」

素で訊《き》いちゃったよね。

「えへへ、久しぶりに会う記念で、せっかくだから！　あ、せっかくだからワン？」

「語尾が下手すぎる……」

まあ、再会を記念にするほど長い期間あけてはないんだけど。

久しぶりにアリサと喋ってるだけで、俺の気分は高まっていた。

それは向こうも同じなのかもしれない。今日のアリサは、普段よりテンションが2割増しくらいに見える。お得だなぁ。

「語尾だけはなかなか上達しないんだよワン……練習ちゅう！　って、もうそんな語尾をつける機会、ほぼないんだったや」

冷水を浴びせられたみたいに、急にフラットになっていた。

「ていうか、えぇっと、なんか勢いで犬耳付けちゃったけど……これ世間的にはアウトなのかなー。こんなオシャレさんばかりの場所で……」

それどころかマイナスまで下がっていた。

きょろきょろと落ち着かなさそうに、また辺りを見回す同級生。たしかに公園には、デート中のカップルが多い。みんな身だしなみを整えている。

「ユキ君が嫌だって思うなら、外すんだけど……」

「いやまあ、そういうファッションってことで通せばいいでしょ」

お洒落《しゃれ》カップルがいっぱいだから何なのって話。これぐらいなら目立たないはず。

「むしろ犬耳があった方が、アリサと話しやすい気がするよ」

「そ、そーお？　あはは。なら、このままにしとくね～」

まるで毛づくろいのように、彼女は指のはらで自分の犬耳を整えていた。

そのカチューシャの存在は、清楚《せいそ》な私服姿の美少女から、ひどく浮いて見えたけど——

俺は気にならなかった。慣れって怖いね。

「………」

心地のいい沈黙。ふたりして、近くのビル明かりをぽーっと眺めている。

このままのんびりと過ごすのもいいんだけど、今日の目的はそれじゃなかった。

ちゃんと正面から伝えるんだ。「またいっしょに暮らしてくれないか」って。

俺は雑談でもするみたいに、まずは軽く、話を切り出すことにした。

大きく飛ぶ前だからこそ助走が重要だ。

「俺、アリサはまだパパさんと旅行してるんだろうなって思ってた。今日のうちに会えるとは思わなかったな」

「うん、けっこーナイスタイミング！　きのうまでパパと沖縄行ってたんだー。あ、お土産もあるんだよ！」

またバッグを漁るアリサ。なんだろう、ご当地限定のお菓子かな？　サーターアンダギー味とかだったら嬉《うれ》しいんだけど――

「じゃーん。現地の服屋さんに売ってたアロハシャツ！」

「なんで？」

素で訊いちゃったよね（2回目）。

「ユキ君ってば、シンプルな装《よそお》いばっかりなんだもの。たまにはこういうのもいいよねー。そして……これは2着目！　同じ柄で聖《ひじり》さんの分もあるんだよ」

「実の姉とペアルック……!?」

素で戦慄しちゃったよね。

選んでくれた気持ちは嬉しいんだけど、なんていうか絶妙に、世間一般のお土産チョイスを外していた。

アリサは不安そうに指を絡《から》ませてる。

「あ……ユキ君、もしかして要らなかった……かなー」

「そ、そんなわけないだろ。待っててアリサ今すぐ着てくるからマジで待ってて」

すぐさま近くの公衆便所へと駆け込み、そのド派手なアロハシャツに着替えた。

こ、こんな凄《すご》いデザインの服、人生ではじめて着るぞ……。

「というわけで着てみたけど、どうかな」

「わっ、良《い》いと思う！　けっこー似合ってるよ！」

「やっぱ『けっこー』レベルじゃん。でも確かに、こういう格好も悪くないかもな」

普段しないコーデだっていうのに、自然と受け入れられてる自分が居た。しかし、アロハシャツの冴《さ》えない男&犬耳付けた美少女って、傍《はた》から見たらどんな組み合わせだろう。

いや、まあ、気にしない。それよりも話の続きだ。

なんとなく雑談を展開して、その流れの中で自然と――自然と「いっしょに住みたい」って切り出すんだ。

難易度バカ高いな？

「えっと、ありがとな。お土産は嬉しかった。それで、肝心の旅の内容はどうだったの。

楽しめた？」

「それがね……パパとまた言い合いになっちゃった」

「え」

こないだ、ふたりがそれぞれ歩み寄って、無事に仲直り出来たはずだった。

だというのに、アリサの表情は暗い。言外に、ことの重大さを物語っていた。

「何かあったの。家出の原因について、まだ解決してないところがあったんじゃ——」

「あ、ううん、そうじゃないの！　パパはスケジュールを空けて、旅行に連れてってくれたし。それに『今後はもっと日本に滞在する時間を作りたい』って言ってくれたよ」

「じゃあ、なんでそんな……落ち込んでるんだ？」

思い返してみれば、今日のアリサは変だ。

妙に周囲を気にしているし、俺の顔色を窺《うかが》っているようでもある。

最初は高かったテンションも徐々に低まっていた。俺の指摘を受けて、アリサは困ったように笑う。

「パパにね、旅行の途中で叱られちゃったんだー。黒澤家へのメーワクについて」

「ん？」

俺の家への迷惑。

「どういう意味？」

「そのまんまだよー。クルージングを満喫してたら、パパが『話がある』っていうから聞いてみたの。そしたら、家出の件についてお説教。楽しい旅行気分も霧散したよ」

わざと明るく振る舞ってる気がした。だって、その表情は依然として暗いんだ。

アリサは犬耳カチューシャを外して、指で弄《いじ》りだした。手元でなにかしてないと、落ち着いて喋《しゃべ》れない内容なのか。

「パパがわたしをほったらかしにしてたことは、謝ってもらえたよ。でもね、『家出をしてよその家庭に迷惑をかける』のは別件だって、改まって言われたんだ。それでわたし、ムッときちゃってね。いろいろ言い返したんだけど……さすが仕事の出来る自慢のパパだよ、とことん論理で詰められて――」

目を閉じて、透明な手旗を小さく振ってる。

「降参。それで、２日前からけっこー落ち込んでたんだ、わたし」

「はあ」

俺はパパさんのインタビュー動画を思いかえした。

たしか、『娘に父親らしいことをしたい』んだっけ？

とはいえ、旅行中に説教って……やり方が下手だと思う。

映画作りは抜けて上手《うま》くても、父としての手腕は無いのかもしれない。

あんなに楽しそうに笑う娘《こ》に、こんな反省しきった顔をさせてるんだから。

「うぅ……わたし、メーワクだったよね。ごめんね」

「俺もひじ姉も、アリサの存在が迷惑だったなんて思ってないよ」

「でもっ！　でもユキ君のほうは、わたしに帰ってほしいって……」

「ああ。まあ」

そこを突かれると痛い。固執しすぎてたんだ、俺なりの夏休みってやつに。緊張したくなかった。特別を近付けたくなかったんだと思う。

「最初は……そうだったよ。けどさ、アリサといっしょに生活してるうちに、そんな気持ちも起こらなくなったんだ」

彼女が手元でもてあそんでいた犬耳カチューシャを、俺はさっと奪い去った。そのままそのアクセサリーを、アリサのぺったりとした頭頂部に付けてあげる。

「そのイヌ科の垂れ耳に違和感なくなるくらい、メイドとして立派に働いてくれてたからな。お礼なら、お別れパーティーで伝えたはずだけど。もう忘れた？」

「……ううん、覚えてるよ。覚えてる……ありがとう、素敵な記憶を見つめ直させてくれて」

ぎゅぅぅっと包みこむように片手を握られた。

感極まってる表情のその子は、握力を強めたまま俺ごと立ち上がろうとしていた。

「なんだか靄《もや》が晴れた気分、いっそ踊り出したい心持ちだよ。ユキ君、いまから一曲いっちゃう⁉」

「ま、待て待て、いっちゃわない。ステイ！」

犬耳美少女とアロハ男が踊ってたら、ＳＮＳに晒《さら》されて最悪人生が詰みます。危なっかしいこと考えるよなぁ！

「興ざめだよー」

悪役みたいなセリフを吐きながらアリサは腰を落とした。

それでもまあ、『にへー』って擬音がつきそうな風に、リラックスして笑ってる。元気づけることは出来たかな。

落ち着いたところで、本題に触れてみよう。

「あー、アリサに質問があるんだけど……」

「なぁに？　わたしなんでも答えるよ！」

「また、ひじ姉の家に泊まる気はない？　夏休みのどこかで」

いきなり「一緒に住もう」って言うのもどうなんだろうと思って、つい遠回りしてしまった。

「え、お泊まりの誘い⁉　やった……！　……じゃなかったよ。ごめんねユキ君、わたしもう黒澤家の敷居《しきい》をまたげないんだー」

まるで出禁にされた人の発言だった。

「な、なんでまた？」

「えっと、パパがね。家出の件はたぶん許してくれたんだけど」

アリサは口元で小さなばってんを作る。

「叱られてから間をあけずに黒澤家に行ったら、また怒られちゃう、かも……」

「そんな厳しいパパさんだったのか」

「ううん、優しいよ。大好きだよ。でも、今回の家出について話すときは露骨に不機嫌なの。口数も少なめになって……娘としても、どれくらい怒ってるのかわからないんだよ！　ごしゅ！」

「〝じんさま〟を略すくらいなら呼ばなくていいよ」

「そ、そんな冷たいこと言わないでよ、ユキ君じんさまー！」

「呼び方ぐちゃぐちゃだな……俺の名前が雪人だって覚えてる？」

そんな軽口を叩《たた》きながらも、パパさんの心境について考えてみた。

家出した可愛《かわい》い娘。彼女を保護してた家に、同い年の異性が居るとなったら……そりゃ、親心としては複雑だろうと思う。

なんせインタビューで『父親らしいことをしたい』と言ってたぐらいだ。

家出中ならいざ知らず、単に仲が良い異性の家へお泊まりだなんて、父親からすればもってのほか——かもしれない。

「まあアレだな。お泊まりの結果、パパさんをさらに怒らせたとしても、なんら不思議ではないと思う」

それが普通だった。

「そーだよね。なんか、盛り下げちゃうねわたし……せっかく誘ってくれたのにごめ——」

「そのうえで提案したいんだけど、アリサ、俺といっしょに住んでくれないかな」

気まずそうに頬をかく指先が止まった。

大きな目が、きょとん、と俺を見つめている。

「どーゆーたぐいのお誘いだろ。わたし、聞き間違えちゃったのかも。お泊まり以上のことを言われてるような……？」

「その認識で合ってる。本命はそっちだよ。よかったらまた、俺と暮らしてほしい」

「え、えええええええぇっ……!?」

すごいな、ぼんやりした電燈《でんとう》の明かりでも顔が赤くなってくのが分かったぞ。

アリサの綺麗《きれい》な驚き声に惹《ひ》かれて、周囲のカップルが興味を向けてきている。まあ、関係なく続けるんだけども。

「俺さ、アリサとの生活が楽しかったんだ。言ってしまえば理由はそれだけなんだよ。子どもじみた我儘《わがまま》だって分かってる。望み薄なのも分かってる。それでも俺は――」

「い、いいよ」

「まずは聞いてみるって決めて――って、いいんだ⁉」

二つ返事だった。ど、どういうこと？　お泊まりが断られて、一緒に住むのはオーケーなんてコトある？　俺的にはもう、負け戦の気持ちだったのに。

まだ顔の赤いアリサが、はにかんだように笑っていた。

「その言葉をくれるのが遅いよー。帰るって決まったときから、引き止められるの、ほんとはちょっと待ってた。わたしもね、まだ、あの楽しい生活の中に居たかったから」

勢いよく言い切ってから、こほんと咳払《せきばら》い。

両手の指をきれいに揃《そろ》えて膝上に置き、上品な姿勢で、ゆったりと頭をさげた。

「わたしの覚悟はいま決まったよ。お願いします、一緒にパパを説得してください、ご主人様」

「は、はは……俺から頼もうと思ってたのにな、それ」

同級生に——いや、犬耳メイドさんに先を越されてしまった。

「わかった、それなら作戦会議だ。どうすれば同棲《どうせい》が実現するか、考えてみよう」

「そうだね！　腕が鳴るね！」

「まずはパパさんの前に、ひじ姉をどう説得するか考えていこうと思う」

「そうだね！　……あれっ、そうなの？　まだ聖《ひじり》さんに話通してなかったの⁉」

「勢いだけでここまで進めてるしな」

「計画性は大事だよ、ご……ここまで乗せといて前段階で失敗はないよ、ご……」

しらーっと冷めた視線を向ける犬耳メイドは、ついに「しゅじんさま」を略していた。

なんか過去イチで視線が痛いな？

◆

一緒に暮らすとなると、両家の保護者の許可を得ないといけないのは当然だった。

あの公園での再会から一日が経《た》った朝のこと。俺たちふたりはリビングでひじ姉を出迎えた。

「お邪魔してます、聖さん！」

「……おー、アリサちゃん来てたの。やべ、こんな格好でごめんね。最近、生活リズムぐちゃぐちゃなんだわ」

居候《いそうろう》してた犬耳メイドが帰ってから、姉の昼夜は逆転している。まだ朝なのに、まるで寝る前みたいな格好だった（つまり半裸）。

そんな姉のあくびを、アリサは別の意味で捉えたみたいだった。

「あっ、聖さん寝起きなんだ。わたし、眠気覚ましにコーヒー淹《い》れるよ！　たしか買い置きしてたのが棚にあるはず」

「へえ。棚にあったんだ」

「うちってコーヒーあったのかよ」

「も、もっと暮らしに興味持ってほしいー」

住んでる二人よりも詳しいよその子だった。

私服姿のアリサが、ぱたぱたとキッチンで動きだす。

「違和感なく任せちゃったけど、お客さんに用意させちゃ大人として駄目だわな……」

それを見て、ひじ姉が至極めんどうくさそうに動きはじめる――のを制止するようにして、俺は先んじて立ち上がった。

「いいって。手伝ってくるから」

交渉する上で、しっかり目を覚ましてもらわなきゃいけない。少しでもリラックスしてもらうため、彼女の代わりにキッチンへ向かう。

「アリサ、なんか手伝うことある？」

「あ、じゃあカップを出してほしいな。インスタントだから、お湯が沸けばすぐできるよー」

二人して立ち並んで姉に出す分だけ用意。二人して姉のもとへコーヒーをお出しして、二人してとびきりの笑顔。

「聖さん、どうぞ！」

「いつも作業お疲れ様、ひじ姉、ゆっくり寛《くつろ》いでほしいな」

「あー……？　ゼッテーなんか企《たくら》んでるでしょ、あんたら」

そして二人して肩をびくりと震わせた。姉は「見透かしてるぞ」というように長い脚を組んで不敵に笑った。

「おおかた予想はつくけど、喋《しゃべ》ってみたらどう。私の答えは決まってるぜ」

砂糖の入ってないコーヒーを余裕気に飲む姉は、いつもより大人の女性って感じがする。

けど、ここは越えなきゃいけない第一の関門だ。俺は深呼吸して言った。

「またアリサと一緒にこの家で住みたい。二人とも同じ気持ちだったんだ。それで、その、ひじ姉の許可が欲しい」

「あげない」

「…………」

第一関門、意外と手厳しいな？　面白いもの好きなひじ姉のことだ、すぐオーケーを出してくれる可能性もあると思ってた。

「む、むり、ですか」

アリサがショックな声を出したのは、俺の「いけると思う」発言を真に受けてたからだろう。そんな甘い見通しなど知ってたように、保護者代行が鼻で笑った。

「賛成されると思ってたろ。そりゃあんたら、ちょっとばかし舐《な》めてる」

ソファからフローリングに正座したひじ姉。真面目な話をするつもりだと俺には分かった。自然、こちらも背筋が伸びる。

「まず、生活費はどうするの？　食費は？　向こうの親御さんはなんて言ってる？」

「えっと、そこまではまだ……」

「なら無理。私はその提案に責任を持ちたくない。アリサちゃんがまた家出してるってんなら道義的に考えるよ。けど、そう切羽詰まった話でもないんだろ？」

おっしゃる通りだった。

だが、ここで「ハイそうですね」と引き下がりたくはない。

「ひじ姉はさ、自分だけの価値観を大事にしろ、みたいなこと言ってたよな」

「ああ、こないだの即興ポエムの時か？」

「そ、そんな時はない！　とにかく、俺……素直に言うけど、アリサとの夏休みが楽しかったんだ」

「あっそ。だからまた暮らしたいって？　悪いけど、楽しいことがしたいだけなら世の中には大量の娯楽があるんだわ」

姉は指折り数える。「遊園地、ウィンドウショッピング、ライブ鑑賞、読書」……数えていったらキリがない。

「わざわざ高校生が同棲する必要を感じない。私の借りてる部屋は、若い男女の溜《た》まり場じゃないの。交渉の席にも着けてねーよ」

話はこれまでという態度で立ちあがろうとする姉だった。

「――待って。俺も考えなしに来たわけじゃない」

俺はそれを妨げるように、彼女を言葉で引き止める。

「同棲をする道義的理由も、ひじ姉のメリットも……あるには、ある」

「ふうん？　言ってみ。納得に足る内容だったら、考えてやらねーこともない」

姉弟《きょうだい》どちらも迂遠《うえん》な言い回しだ。隣ではアリサが「ユキ君……」と不安そうに見ている。

大丈夫、見切り発車な部分もあるけど、きのうの夜から考えてきてる。

「まず、道義的な面──パパさんが米国に帰ったら、アリサはまたひとり暮らしだ。夏休みを味気ない期間だと感じるほど、アリサはひとりでの生活に寂しさを感じてる」

そんな彼女の助けになりたいというのは嘘《うそ》じゃない。

「はん。つってまあ、いっしょに住む必要性としちゃ弱いだろ？」

そう、これだけじゃ足らない。いくつもの理由を後付けで用意する。

数週間、アリサといっしょに暮らして気づいた、色々なことを。

「次に利益的な面──アリサは飲み込みが早い。すでに家事なんて得意な部類だろ。俺は、彼女に教えを乞いたいと思ってる。朝食の作り方なんかを含めて」

これまでは家事なんて最低限できればいいと思ってた。

でも、どんどん住みやすくなっていた黒澤家を見て、上を目指すのも悪くないんじゃないかなぁって、そう思ったんだ。

「もし同棲を再開したらさ。ひじ姉のマンションの住み心地は、さらによくなると思う」

「そ、そのとーりだよ聖さん。わたし教えるのがんばるよ！」

頼れるアリサが胸あたりで小さくガッツポーズ。そのまま彼女はこう続けた。

「それにね、わたし……ユキ君と聖さんにも、教えてもらいたい事があるんだ」

「あ？　私たちに？」

長いまつ毛をぱちぱちさせて、ひじ姉は意外そうな顔をしてる。

「わたし、えと、世間知らずなところがあるみたいで。他の家庭はどうなのかとか、もっともっと知りたいんです！　メーワクを掛けるかもしれません。でも、えっと、知りたくて……」

アリサの声は自信なさげにしぼんでいった。

それでも、事前の打ち合わせもなしに出た願いだ。彼女が普段から考えてたことに違いなかった。

「はん……まあウン、分かった。さっきに比べたら本気度は伝わったわ。道義も利益も、ギリ分かる。けどな――」

逆説をもって言葉が止まった。いつの間にかあぐらになってたひじ姉は、手で口元を覆ったまま肘をついてる。

これじゃ足りないんだ。迷ってる。まだ届いていない。

もっと、もっと感じたままのことを真剣に伝えたかった。

「お願い、ひじ姉。娯楽がたくさんあっても、あの楽しかった三人での生活は、他じゃ代用が利《き》かないものなんだよ。だから……！」

「い、犬耳メイドなわたしからも、お願いしますワン！　あ、犬耳付けないと効果ないね。装着ワーン」

「今その援護は逆効果かもしれない……！」

真面目に頼んでる横で犬耳をつけだす同級生だった。可愛《かわい》いけどタイミング間違ってるよ絶対。お、おふざけが入ってると思われたらどうしよう……

そんな不安とは裏腹に、冷徹な目をしてたひじ姉がくつくつと笑いだした。最初は嚙《か》み殺すように、それから徐々に愉快そうに。笑みをこぼしてる。

「ははっ、分かったよ、折れた！　そんな必死になんなくていいぜ。及第点は超えたから」

「えっ」

「アリサちゃんと暮らすの、私も面白かったしなあ。そこまで真剣ならいいんじゃね？　いいよ、住もう」

黒澤家の保護者の許可がおりた。第一関門を突破。顔を見合わせて喜び合う俺たちだったが、ひじ姉は「ただし」と付け加えた。

「問題を起こしたら即退去。ホール監督が日本にいる時は実家に帰る。生活費のことは向こうの親御さんと全員で相談――あんたら守れる？」

現実的なその後の話だ。隣でアリサがこくこく頷《うなず》いてた。

「ま、まもれます。ありがとうございます聖《ひじり》さぁん！」

「うおっ、暑いのにくっつくなって……ま、アリサちゃんのことは妹分として見てるからさ、別荘だと思ってゆっくりしてき」

その言葉に感動したアリサが、更にぎゅむっと抱きついた。

「ひ、ひ、聖お姉ちゃん～……っ！　わたし嬉《うれ》しいです。また趣味でも犬耳メイドがんばりますね！」

「あ、あんがと。つうか呼び方変えるの早っ！　この順応性が若さなのか……？」

「いや、ひじ姉もまだぜんぜん若いと思うけど」

その倍の齢《よわい》は生きてそうなアリサの父よりは、間違いなく。

そんなパパさんの説得は、やはり姉以上に厳しいものになるだろう。

更にしっかりとした作戦を立てなきゃいけないと思った。

考えよう。この三人での生活を、現実のものにするために。

◆

スマホ画面には寝巻き姿のアリサと、ラフな格好の寧々花《ねねか》がそれぞれ映っている。

女子ふたりとだけグループ通話をするなんて初めてだな。なんて思いながら、俺は二人に作戦会議の始まりを告げた。

「よし、それじゃあ、アリサのパパを説得する方法について話そう」

『うぃ。質問』

自らのネイルを見ながら、寧々花は片手を挙げた。

「はい、寧々花さん」

『ウチ要る？　手伝えること、たぶんないんよね』

「いいや、寧々花にも助けて欲しいことあるよ、俺の考えたプランには必要なんだ」

『プラン～？』

「無策で挑んでも突っぱねられるだろうからな」

俺の言葉に、パジャマを着たアリサもうんうんと頷いた。

『パパは頑固だからねー。あと普段なに考えてるか分かりにくいし、仏頂面《ぶっちょうづら》だし。たまに優しくて作品が作れてかっこいいところしか取り柄がないからね』

『え、アリサってお父さんのこと嫌いなん？　好きなん？』

『両方かなー』

『あーね。分かる。洗濯物とか絶対いっしょにして欲しくないけどキライじゃないし』

女子たちが脱線で盛り上がっていた。ポテチなんか食べちゃって楽しそうだ。仲良しでなにより。俺？　冷蔵庫に食べるものがないです（空腹）

しかし今は家族の愚痴通話をしたいんじゃない。

いつもなら雑談に乗ってしまいそうだけど、大事な作戦会議の途中だ。俺は軽く手を叩《たた》いて、ふたりの興味を引き戻した。

「考えたプランの説明をするぞ。パパさんがこないだ、黒澤家にお礼したいって言ってたのは覚えてる？」

『もちろん！　えっとたしか『娘がお世話になったからには、一度は伺わないとな』……って旅行中にも言ってたよ』

「その父親としての責任感を利用する。正式に、黒澤家として招待するんだ。これなら断られないはずだからな」

『で、それにどうウチが関わってくんの？　雪人、もっと詳しく聞かせてよ』

「ああうん。順を追って説明していくから待ってて」

なんせ昨日の朝にひじ姉の許可が出てから、次の日の夜である現在まで、ほとんど寝ないで考えたとっておきのプランだ。

相手は世界的な映画監督。並の作戦じゃ、通用しないだろう。

普通で平凡な俺が、考えて考えて、ようやく思いついた作戦。

「まずパパさんは、俺の家に泊まってたアリサが迷惑をかけた――と思っている」

『その通りだよー……めずらしく叱られたもの』

「それでパパさんはひどく怒っていて、お泊まりも許してくれなそうだ……というのが娘であるアリサの予測だ」

娘から見た保護者がそんな状態では、お泊まり以上の願いである『いっしょに住む』なんて未来は叶《かな》わないだろう。

「説得の前に、まずはその件に対処しないといけない。アリサは迷惑なんか掛けてないってことを証明する」

『そうだね。ユキ君、具体的にどうするの？』

「アリサには完璧な犬耳メイドとしてパパさんをもてなしてもらう」

『は？　もっかい言ってもらっていい？』

「アリサには完璧な犬耳メイドとしてパパさんをもてなしてもらう」

我ながらどんな日本語だよと思った。

だけど俺にこれ以上の案はない。真面目も真面目、大真面目だ。

「家出中にアリサが身につけた、犬耳メイドとしてのスキルを全て発揮してもらう」

あれだけ頑張ってくれたんだ。「迷惑を掛けた」なんて、実の父親にだって言ってほしくない。

彼女の働きっぷりを見れば、きっと分かってくれるはず。

「一回り成長していた娘を見て、パパさんの心がほぐれるところまで俺には見えたよ」

『こ、これはすごい作戦だー……！　わたしのご主人様には軍師の才能があるよ……！』

『マジ？　なくね？』

ヨイショしてくれるアリサとは対照的に冷めてる寧々花だった。

『はい。意見意見～』

再び挙手をする寧々花。律儀《りちぎ》なところがある。俺は「どうぞ」と返した。

『ウチ的にはやめた方がいいんじゃねって思う。家出中にコスプレして働いてた～って知ったら、親にとっては更にムカッとくるかもでしょ？』

そのリスクは確かにある。「何やらせてんだ／何やってんだ」と火に油を注ぐ可能性。

「そこで、寧々花にお願いしたいことがあるんだよ」

『えっ。ここでウチなの？』

「ああ、ふざけたコスプレだなんて思わせないほど、アリサを可愛くメイクしてほしい。犬耳メイドが本当で、本気なんだって思わせられるぐらい」

『ウチが？　ハリウッド監督に見せられるメイクを？　無茶言わないでよ！』

流行《はや》りのオシャレを追ってる女子は、まるで乗り気じゃなさそうだ。

『ウチなんて、まじ、趣味で勉強してるぐらいだし～。他の可愛《かわい》い子のメイクなんてやったことないし～……！』

寧々花はぶんぶん手を振った。あまりに速い動きだったから、画面の中でぶれまくってる。

その様子を見てクスッと笑ったアリサが、手を合わせておねだり。

『あのね、わたしメイクって自分でしたことないから……仲良くなれたネネちゃんにやって欲しいな。だめ？』

『は？　マジきれっそ。なんなんこの魔性の友達。も――……よし、すっぴんよりも可愛くしてアリサパパの度肝抜く！』

『うん、当日はお願いね！』

おしゃれな同級生の協力は受けられそうだ。俺は内心でガッツポーズをする。

残す伝達内容はひとつだけだ。

「そのあとの同棲《どうせい》についての話し合いは、俺がするよ。一対一で」

今回の発端は俺のわがままだった、説得までひじ姉に頼るわけにはいかない。

伝えるんだ、等身大の想《おも》いってやつを。

『分かった。パパとの交渉はご主人様に任せるね。ようし、わたしも本気で犬耳メイドやるぞー！　任せてよ！』

はりきって胸をとんと叩くアリサ。どこか頼もしくすら見えた。

◆

玄関のドアを開けると、長身痩軀《そうく》の男が立っていた。

「こんにちは、今日はお招きいただきありがとう。黒澤クン」

間違いなく高級であろう、シルエットの崩れてないスーツ。左腕には四桁万円を超えるに違いない有名ブランドの腕時計。足元に目をやれば、よごれのないピカピカの革靴。

フォーマルな格好の男は、口端《くちのは》をあげるだけの省エネな笑顔を見せた。

「上がらせてもらっても？　招待状ならあるよ」

封筒を内ポケットから出すパパさん。先日、アリサを経由して渡したものだった。『ホームパーティーを開催するので来ませんか』ってな内容。

多忙な中でスケジュールを空けてくれて、無事に本日開催となったんだ。

「ご、ご足労いただきありがとうございます」

何故《なぜ》かめちゃくちゃキメてきてる有名人に、ぶっちゃけ気後れする俺だった。なんとか頭を下げて、お客さんの出迎えに成功する。

「固いな。せっかくのパーティーなんだろ。もっとリラックスしてくれてかまわない」

「あ、はい……それじゃあアリサのパパさん、どうぞ中へ」

「……すまないが『フレッドさん』で頼むよ」

少し眉が上がった気がする。アリサの言うとおり不機嫌なのかもしれなかった。えっ、あとで俺、このひとに同棲のお願いするんだよな？　大丈夫なのか……？

「わ、分かりました。フレッドさん」

「そうだ。それでいい」

しみじみと頷かれた。

芯に響く低音だ。撮影でオーケーテイクを出す時もこんな風なのかな。

改めて、世界的な監督と喋《しゃべ》っていると認識させられる。

だからと言って、卑屈になってもいられなかった。

今日のパーティーの主催は俺だ。

相手が特別な存在でもいい。不機嫌でもいい。お客さんとして楽しんでもらおう。

なんてったって、いくつものサプライズが待ってるんだからな。


靴を脱いだパパさんと共にリビングへ行くと、これまた着飾った姉が食卓のちかくに立っていた。

こちらもまた、来客用の落ち着いた笑顔だ。

「こんにちは。今日は来てくださってありがとうございます」

「ああ、こんにちは、ミズ黒澤……素敵な飾りつけだね」

パパさんが部屋の内装をぐるりと一望する。

壁を横断するフラッグガーランドや、膨らませたカラフルな風船たち。小さなボードには、ひじ姉に頼んで描いてもらったミニキャラが『Welcome!』と歓迎してる。

「俺とアリサのふたりで飾り付けをしたんですよ」

「なんだって？　アリサもか」

「ええはい。とくにこの犬のバルーンアートなんか、作り方をすぐ覚えてパパーッと量産してました」

「あの不器用だった娘が……これを……？」

信じられないという口ぶりだ。壁に飾られたプードル形風船を、美術品でも見るかのようにしげしげと見詰めてる。

あの子のことを勘違いしてるんだと思った。たぶん幼い頃の印象で止まってる。

実の家族のあいだでも、距離が開きすぎてるから、知らないままなんだ。

コミュニケーション不足の多忙な父親に、いまの娘さんの情報を伝えないと。

「アリサは飛び抜けて器用な子だと思いますよ。何をやらせてもうまくやれるんだなぁって、いつも感心してます」

「そう、なのか？」

「ええまあ。今日の料理だって、ほとんどアリサが用意したものです。俺たち姉弟《きょうだい》は買い物の手伝いしかできてません」

「…………。Are you kidding? ホテル顔負けのメニューじゃないか！」

一拍置いてから母語で驚いてた。表情少なな父親が目を見開き、卓上の豪華な品々を見下ろしてる。

それに対して、ひじ姉が補足した。

「ははっ、冗談じゃなくアリサちゃんが作りました。私ら揃《そろ》って家事が苦手なもんで。お恥ずかしながら、娘さんに頼りっぱなしでしたよ」

「それは……すごいな。知らなかった。アリサがこのような料理をするなんて」

フレッドさんは静かに興奮していた。ポケットから最新機種のスマホを取りだして、横に構える。

「写真を――ムービーを撮らせてもらいたいんだが。かまわない？」

「えっ、ああはい、どうぞ」

短尺《たんじゃく》の作品を作るみたいな動作で、豪華料理を様々な角度で映像を撮りはじめるパパさんだった。

うーん……俺思うんだけど。娘の成長をこんなに喜べる父親が、何日も持続するほどカンカンに怒ってるとは思えないんだよな。

「黒澤クン」

撮影を終えたフレッドさんに呼びかけられる。

非常に感情の読みにくい、くぐもった声だ。

「は、はい」

「これは、どういうことだ？」

ついでに意図も読みにくい質問だった。え何、急にめっちゃ睨《にら》まれてるよ黒澤クン。怖い。監督って圧があるなぁ！

「え、えーと。なにがでしょう？」

「この料理を作った本人が見当たらない。これでは感想も言えない。アリサはどこだ？すでに到着してると聞いてるが」

これはやっぱり、カンカンに怒ってる――のか？　だとしてもメゲないぞ。

「ああ。それなら」

それに待ってたんだ、娘の不在に痺《しび》れを切らしたその質問を。

「アリサなら、おめかしに少し時間が掛かっているみたいです」

「おめかし？　なら、急ぐように言わなくてはな。そもそも、親子で招待されてる身で、ひとの家で準備をするとは……」

スマホを仕舞ってスーツの襟をしっかり正したパパさん。

その凛々《りり》しくも正しい父親を、俺は明るく引き止める。

「ああいえ！　心配しなくて大丈夫です、もうすぐ来るはずなんで！　それに、アリサは招待されてません。あの子は今日、フレッドさんをもてなす側ですから」

「なんだと？　黒澤クン、それはどういった――」

「来たな」

姉の声につられてそちらを見れば、話題の人物。

「お待たせしてしまい、申し訳ございません。フレッド様」

そこには、すまし顔のメイドさんが立っていた。

その声に振り返ったパパさんは、分かりやすく驚愕《きょうがく》している。

「なっ……!?」

動きの少なかった表情筋をふんだんに使って、目を見開いていた。

俺だって驚きそうだった。

だって今日のアリサは、私服姿とは違った方向で、めっちゃくちゃに可愛い。

メイク技術によって、より彼女が「犬耳メイド」であるという説得力が増してる。あどけなさと気品を両立させてる化粧。それが、その日常とは異なる存在を引き立たせてる。

彼女の後ろに立ってるメイク係の寧々花《ねねか》が小さくピース。唇の動きで「どーよ？」と訊《き》いてきてる。「すごい」って無声で返しといた。

「あ、アリサ？　な、なんて格好をしてるんだ……！」

フレッドさんがうろたえてる。もうなんとも思わない安物メイド服＋犬耳の格好だけど、初見の外国人に刺激が強いのは当然だろう。

でも、これが彼女の制服だ。

実際に、この姿で働いてくれてたんだから仕方ない……よな？

アリサがスカートを少しつまんで持ち上げて、頭を下げた。

「ご挨拶が遅れました。わたし、当家で犬耳メイドとして働いております、佐中と申します。改めて、お見知りおきを」

「いっ、イヌミミ？　な、なにを言っているんだ？」

困惑しきった声だ。亜流の異文化をぶつけられたのに加えて、別人みたいな娘を前に動揺してる。

「──えへへ、どうかなパパ、わたしのメイド姿！　それにこの服も可愛いでしょ」

ぱっ。と、すました表情を緩めるアリサ。彼女は寧々花の背後にまわり、双肩《そうけん》に手を置いた。

「友達にメイクも担当してもらったんだよー」

「あ～、ども。はじめましてアリサのお父さん。この子のトモダチの寧々花です～」

そう自己紹介してから、ふたりして顔を見合わせて微笑《ほほえ》んでる。

それを受けて、父は感慨深そうに呟《つぶや》いた。

「……ボーイフレンドだけではなく、女の子の友達まで紹介してもらえるとは」

「ふたりとも最近仲良くなったんですよ。家出の最中に」

俺は補足する。どうして「男友達」だけ横文字なのかは分からないけど、アリサにはこの夏、親しい同級生が二人もできたんだ。俺も含めてさ。

「パパ」

犬耳メイドはまた元のすました顔に戻って、まだ困惑している父親の前に立った。

「たしかにね、わたしは黒澤さん家《ち》に迷惑をかけたよ。聖《ひじり》さんもユキ君も、優しいから否定してくれるけど……事実そうなの」

「……そうだな」

重々しく頷《うなず》く父親。言葉少なに、「正しさ」のプレッシャーを掛けていた。

けど、アリサは真っ向から、彼に想《おも》いを届けようとしている。

「でもね！　わたしが料理をできるようになったのも、同級生のお友達ができたのも、ふたりに保護してもらえたおかげなの。迷惑をかけてるのに、家に置いといてもらえることが嬉《うれ》しくて――」

自らの着ている制服に愛《いと》おしそうに手を当てる。

「わたし、メイドとして頑張ったよ。成長できたのは、黒澤家のふたりのためになりたかったから。ただ迷惑を掛けてただけじゃないの」

そして彼女はその手を頭上のカチューシャへと持っていく。

「犬耳メイドとしてわたし本気だった。今もだよ。パパを困らせて怒らせるほど、恥ずかしいことはしてないつもり」

「Uh……なぜ犬耳を付けてるかは不明だが……言いたいことは分かった。成長は認めよう」

顎ひげに手を当ててパパさんは頷く。その低い声音も、どこか柔らかくなった気がする。

ここがチャンスだと思った。狙い通り、彼の怒気がすこしでも和らいだ今がチャンスのはず。

「すいません、フレッドさん、俺からもお話があるんです」

「なに？　黒澤クンからも？」

アリサの横に並んで、見上げるような形でパパさんと対峙《たいじ》する。見下ろすような瞳は、たしかに威圧的に見えた。

緊張を自覚して、歯がカチカチ鳴りそうになる。相手は世界的な存在だ。それに、これからするお願いは普通じゃない。まあ当然だと思った。

けど、言わなきゃやっぱり始まらない。緊張で溜《た》まっていた唾液を飲み込んで、ようやく口を開く。

「俺……アリサとまた、いっしょに暮らしたいんです」

かすれた声だった。気にしない。俺は続ける。

「もっと一緒に居たい。明るくて、がんばり屋さんで、稀《まれ》に計算っぽくて……一緒にいるだけで楽しくなれるアリサと、生活がしたい」

心の底から湧き上がってくる想いだった。言っていて、なぜか胸が熱くて泣きそうだった。

「娘さんを危険な目には遭わせません」

その世間知らずさが彼女を窮地に立たせるまえに、俺がカバーしてみせる。

「寂しい想いもさせません」

パパさんみたいに特別なことは出来ないけど、傍《そば》に居ることは出来る。

「異性でいっしょに住んでるからって、同級生から後ろ指を指されるようなことも、絶対に防ぎます」

これまで『普通』に拘泥《こうでい》して生きてきたんだ。バレないように、なんとかフォローもしてみせる。

「わがままなのは分かってます。でも、どうか……同棲《どうせい》の延長を許してくれませんか！」

俺は誠心誠意、頭を下げた。

「………。あっつ」

クーラーの効いた静かな部屋で、寧々花の感想だけが響く。パパさんからの返事は無い。

それでも俺は頭を下げつづける。

そして――諦めるような溜息とともに、優しいテノールが聞こえた。

「ひとまず黒澤クン、顔を上げてほしい。娘がゆでダコになる前に」

「は……はい？」

顔をあげて見たら、アリサの顔が真っ赤になっていた。

皺《しわ》になりそうなほどスカートをぎゅっと握っている。

え、ひじ姉にもしてる説得なのに、どうして急に照れてるんだ……？　俺が不思議そうに見てるのに気付いて、彼女はバッと顔を背けた。

「うぅー……わ、わたしのことは今触れなくていいのパパ！　それよりも、返事を聞かせて！」

「返事か」

顎ひげを触って俯《うつむ》き、熟考を始めたかのように見えるパパさん。だが、答えは案外すぐに出された。

「――分かった、したいようにすればいい」

「え……！　じゃあわたし、正式にここで暮らしてもいいんだね！」

「よかったねぇ、アリサ〜！」

同級生ズが両手を合わせて、きゃいきゃいと喜んでた。ひじ姉だって、保護者らしい柔和な笑みを浮かべてる。

そんな中、俺だけが喜びきれていない。

事前に想定してたより、あっさりとオーケーが出されたからだ。まだ最後の手段・泣き土下座が残ってたんだけどな。

「あの、俺、もっと難色を示されるかと思ってました」

「あそこまで子ども達に誠意を見せられたら、親としても監督としても許可を出したくなるだろう。してやられたよ」

口端《くちのは》をあげるだけの省エネな笑顔よりも、さらにハッキリとした笑顔だった。

「日本に居ない僕の代わりに、アリサを頼むよ、黒澤クン。これからは気軽にパパさんと呼んでくれていい」

「は、はあ……えと、それならまた、パパさんと呼びますけども」

「そうして欲しい。それと、あとでイヌミミメイドと君のツーショットも記念で撮りたい。かまわない？」

「も、もちろんです」

「よし」

背中を二回強く叩《たた》かれた。本場のボディタッチから信頼感を感じるなあ。

すごく緊張したけど、どうにか話がまとまってよかった。

今度からはまた、アリサが家に居るんだ。小さな達成感と共に、じんわりと嬉しさが込み上げてくる。

残りの夏休み後半で、アリサとしたいことが沢山ある。せっかくの楽しいホームパーティーだ。食事中は、それについて話すのも有りかも――

「ところで」

とか考えていたら、パパさんが犬耳メイドの衣装をまじまじと鑑賞しだした。

「その格好、本当に似合ってるよ。イヌミミを外したらもっと良くなるんじゃないか？」

「そんなことないもん」「そんなことないです」「そんなことないっすね」「ここまで否定されるとは……」

犬耳メイド+黒澤家の結束は謎に固かった。有名映画監督が、自分の感性を否定されてたじろいだ。

「出過ぎた真似《まね》だったよ。それにしてもアリサ、素敵だ。どうしてメイド業を家出中にしてたって、教えてくれなかった？」

「そ、それをパパが言う？　パパ、家出の件ですごく怒ってそうだったから、わたしうまく喋《しゃべ》れなくって——……」

「僕が？　僕は怒ってはない。父親として、当然の説教をしたまでだ」

「え？」

「叱り慣れてないから、そういう印象を与えたかもしれないが」

「……パパ、おこってない、の？」

叱られ慣れてない優等生がぱちぱちとまばたき。

「ああ全く。可愛《かわい》い娘を泊めていた仲の良い異性がいることには、不機嫌になってたかもしれないが」

「わたし……わたし、勘違いしてたの？」

微妙に湿った空気が、また室内を埋め尽くしていた。発生源はアリサからだ。さっきまでのきらきらした顔がウソのように曇ってる。

「けっこー大ごとにしちゃったよね。わたしの早合点《はやがてん》のせいで……」

「あ、アリサ?」

どうしたんだろう。明るいアリサのことだ、普段ならここまで気落ちすることはないはず。寧々花《ねねか》もすぐ励ましに入る。

「そーんな落ち込まなくていいっしょ。お父さんの気持ちを読み違えたぐらい、気にすることないって～」

「す、するよ! わたし、本気でやってるんだもの……ご主人様に、無駄な心労かけちゃった」

「あっ」

そのとき俺は、先日の彼女のなにげない宣言を思いだした。

『ようし、わたしも本気で犬耳メイドやるぞー! 任せてよ!』

もともと彼女は努力家だった。しかもアリサは演技派だ、制服に身を包めばやる気がより出るタイプ。

そんな子が、何日も前から、きょうという日のために意気込んでいたとしたら?

「わたしなんて。わたしなんて、これじゃあメイド失格だよ……パパともっと向き合ってたら、気付けてたのに……」

一度のミスでこうなる。青ざめて、大失態を犯したような顔をしていた。パパさんは、表情少ないながらもどうすればいいかとオロオロとしてる。

――いや、あれだけ大見得を切った宣言をしたんだ、俺がフォローしないと。

「なぁアリサ、大丈夫だよ。俺は気にしてないから」

「ユキ君は、ずっと優しいもの……そう言ってくれるよね」

「いや、マジで気にしてないんだよ。これからせっかくのパーティーなんだからさ、もっとこう、楽しんでいこうよ」

「ご主人様が言うなら、頑張ってみるね……」

「しょげた顔で言われても説得力ないなぁ」

ていうか、楽しむのに頑張るも何もないって。

俺の励ましの言葉はアリサに届いていなかった。

もっと安心してほしかった。心の底から笑顔になってほしい。そうじゃないと、わがままを通してまで一緒に住む意味がないんだ。

なら――

「ああ、もう、言っても分かんない子だな！」

俺は正面から距離を詰めていって、犬耳メイドの頭頂部に勢いよく手を伸ばした。

「そんな分からず屋には、こうしてやる……！」

「ひゃあっ！　ゆ、ユキ君……!?」

犬耳カチューシャとホワイトブリムを押さえつけるようにして、彼女の頭に手を置いた。

頭蓋骨の硬さと柔らかな髪の感触が、手のひらいっぱいに伝わってくる。

あとはそのまま、感情の赴くままに動かすだけだ。

右に左にわっしゃわしゃだ。

「元気出して。俺、アリサの落ち込んだ顔なんて見たくないんだ」

「わわっ……わ、わかったよユキ君。速攻でエネルギー注入されたよ。だからもう、激しく撫《な》でなくってもー……！」

「だめだ。もう抑えきれない」

今まで我慢してた分の衝動がとめどなく溢《あふ》れる。

もっと撫でてあげたかった。犬耳がずれて嘘になるくらい、入念に、しっかりと。

「アリサは偉いよ。頑張ってる」

「う、うん」

「そんな子が、メイド失格なわけあるか。言葉にして伝わらないなら、こうやって撫でまくってでも伝えてみせる……！」

「も、もういいよ、けっこー伝わってるよー」

「けっこー程度じゃ満足できないな！」

綺麗《きれい》にブラッシングされてた髪を勢いよく撫でてるから、ところどころにはねが出来てしまっている。それでも、俺は撫でる手を止めたくなかった。

「あはは、いいぞ～雪人、もっとやれ～」

「はっ、お盛んだな。次回はこういうシチュも悪くないか？」

「僕は何を見せられてるんだ」

外野からは三者三様な反応だ。

たとえギャルっぽい子に野次られようとも、かっこいい姉に観察されようとも、世界的な存在のアリサの父を困惑させようとも、俺は撫でるのをやめたりしない。

同級生がなんだ。家族がどうした。特別なんて今はどうでもいい。

俺はもう——犬耳メイドの頭を思いっきり撫でなくちゃ気が済まない。

わっしゃわしゃのわっしゃわしゃだ。少しはねた毛が、右手の水かきをくすぐって、こそばゆかった。

「ユキ君、も、もういいよー。このままだとわたし、摩擦で溶けちゃうよ～」

困ったようなふやけた笑顔で見上げられていた。至近距離。

「は？　なんだそれ」

可愛い。どうにかして溶かしてやりたい。どうにかして溶かせられないのか？

勢いを失いだしてた俺のなでなでは、アリサの笑顔によってふたたび加速した。

「えへへへへ、やばいよぉ、ユキ君に溶かされる。にやけちゃうよー、えへへ……あ、もっと強くしても大丈夫だよー」

「このぐらい？」

「そう！　ばっちり」

にっこりと指でマルを作られる。こんどは弾《はじ》けるようなおひさまの笑顔。

明日《あした》も明後日《あさって》も、アリサのこんな嬉《うれ》しそうな姿が見たい。

綺麗に流れる髪を強く撫でつけながら、俺は、これからまた始まる同棲《どうせい》生活に思いを馳《は》せた――

「……で、いつまでやってんのあの子ら？　つうか見守るの飽きたな、腹も減ったし」

「ヨモギ坂せんせ、ウチらで先に食べちゃいませんか～？」

「そうするか。ホール監督も、んな露骨に放心した顔で立ってないで、いっしょにパーティー始めちゃいません？」

「ああ……だが目の当たりにすると、つらいな。アリサと彼氏のスキンシップを目の当たりにするのは、つらい……」

「や、あのふたり、あれで付き合ってないっすよ」

「……Are you serious!?」

エピローグ

湯気が上る椀《わん》のなかには、光沢のある白米が盛りつけられている。その器を、眠そうな顔で食卓に座ってるひじ姉のもとへ運んだ。

「おまちどおさま」

「炊きたてが来た！　これがなきゃ一日は始めらんねーわ」

ご飯派の姉は久しぶりに白米にありつけて喜んでる。背筋を伸ばしきってシャキッとしていた。大袈裟《おおげさ》だなぁ。

「けさのお米は、ユキ君が洗うの手伝ってくれたのを早炊きしたんですよ——って、聖《ひじり》さんどうして下着姿ー⁉」

「え？　朝から暑いし」

本格的にアリサのことを家族の一員として認識したらしい姉は、すでに身内への対応をしている。まだ同棲が再開されて一日目の朝なのになぁ。

「だ、だらしないよー。ユキ君も居るんだし、なにか羽織ったほうがいいよー」

「ユキと同じ反応してら。なのに弟の倍は可愛《かわい》いなぁアリサちゃんは。ぎゅーしちゃお」

おかずを運びおえた犬耳メイド（趣味で着続けるらしい）を姉が捕捉していた。

「わ、わわ、急に抱きつくのはちょっとー……！　えへ、えへへー」

けっきょく満更でもなさそうにしてた。帰ってきた光景。改めて、一緒に住んでるんだなぁって思う。

アリサのお腹《なか》ら辺に顔を埋めていた姉が、こんどは俺の持ってる食器皿へと目線を向けた。

「ユキあんた、食パンくうの？　せっかく米炊けてるのに」

「まあ、うん。食べすぎて好きになったんだ。こっちも」

気付いたら、ご飯派でパン派になっていた俺だった。

「そのときの気分で食べ分けていきたくて」

「そのスタンスいいねっ、生活に変化は必要だから……はっ、必要だもんワンね？」

「語尾に変化は必要ないなぁ」

しかも下手なままだし。ワンの件に関しては、まだまだ練習が必要な犬耳メイドさんだった。可愛いからそのままでもいいけどさ。

朝食を食べ終わって、姉は仕事部屋へ行ってしまった。俺たち高校生は急ぐ必要もないから、まったりと食べ進めている。

「このあとは、溜《た》まってるお洗濯やって、お掃除やって、ネネちゃんのメッセ返してー、メイク動画見てー。ふふ、やることいっぱいだー」

指折り数えながら、アリサはかりかりと焼いたパンを食べ進めている。聞けば、きのうは寧々花《ねねか》と新作コスメを買いに行ったらしい。ふたりはすっかり仲良しだった。

「あー俺、今日から家事を教わる予定だからさ、手伝いながら勉強させてもらうよ。よろしくお願いします」

「うん、手とり足取り教えちゃうね！　……あっ、そうだ。勉強代としてユキ君は～……終わった後、思いっきり撫でて？」

「え？　ああ……いいけど。むしろそんなのでいいの？」

「これからはそうして欲しいなー。ご褒美《ほうび》のなでなでは絶対、っていうのはどうかな？」

となると、俺は毎日アリサのことを撫でなきゃいけなかった。

まあ、嫌じゃない。向こうが対価として求めてくるなら応じたい。むしろ安いくらいだと思った。

「なでなではするけど……」

もう話題も無かったから、この後の話をしたいなと思った。

「それよりもさ、家事が終わったらふたりでなにかしない？　今日は天気いいみたいだし」

「わ、誘われちゃったよ。そういうことなら任せて、すぐに溜まってた分の仕事を片付けちゃうから！」

そう言って胸をとん、と叩《たた》く犬耳メイドさんは、やっぱり頼れる――

「急いで朝ごはんを食べ終わらなきゃね……！　……ごほっ!?　お、お味噌汁《みそしる》が、ごほっ、気管入りしたー……！」

――のかは、断言できないところだけど。

「はい、水。水飲んでアリサ」

「あ、ありがとー……ユキ君」

空のコップに注いで渡したら、彼女は一気に飲み干した。

再開した同棲生活も、こんな風に支え合って、楽しくやっていけるに違いない。「助かっちゃったー」と言うアリサの安心した笑顔を見て、そんな予感がしたんだ。

あとがき

はじめまして、四条彼方《しじょうかなた》です。誤解を招かないように言うと、京都市の土地の〝その先〟が突然喋《しゃべ》りだした訳ではなく、そういうペンネームです。

この『世間知らずな同級生~』は6月に考えた企画でした。本作はその初稿を7月に必死に作り、8月に修正したものとなります。そして現在9月にあとがきを書いています。10月出版という急ピッチでの制作のうらには、大人の事情が絡《から》むっぽいですね。怖いので詳しくは聞いてません。編集部の皆さん、いつもお疲れ様です……ええ本当に。

さて、本作の舞台は夏です。「夏休み」って、息もつかせぬ春からの忙しさがあるからこそ、輝くものだと思ってます。

雪人やアリサたちが夏休みを心から楽しめてるのも、きっと怒濤《どとう》の一学期を乗り越えたから。この子たちみたいな解放的な休みを味わうために、四条もたまには、メリハリのある短期バイトとかやってみたいなって思いました。

なーんて、どうでもいいですよね。あとがきって何書けばいいのか分からないなぁ。学生時代に講義サボって「もし書籍化したらあとがきはどうするか?」の妄想を延々としてた時間、まるで経験値になってません。出たとこ勝負するしかないんすよ！　この場では！

あとがきチュートリアルの案内人になる前に、大人しく謝辞へと移りますね。

雪丸《ゆきまる》ぬん様。素敵なイラストをありがとうございました！　キャラデザが送られてくる度に「アリサにツーサイドアップ？　なんだ天才か……」「ひじ姉に眼鏡？　あぁ、大天才の方《ほう》だったか……」と認識を改めさせられる日々でした。また、こちらの都合で修正をおねがいしたラフの直しが的確かつ早すぎて、届いたとき「夢？」と思いました。本当に感謝しかありません。

続いて担当編集のS様。声を掛けてくださった当時からここに至るまで、常に的確なアドバイスをくださり本当にありがとうございました！　『制作への意識』が良《い》い方向に変わったのはSさんのおかげです。もちろん十割。すべてSさんの影響です。言いすぎました、六割くらいです。こういった訂正といい、普段から面倒臭くてすみません！　こんな四条ですが、これからもよろしくお願い致します……！

えーでは、ここまで読んでくださったアナタにもお礼を。ありがとうございました。またいつか会えたら嬉《うれ》しいです。もう寝ますね（三泊四日の東京旅行から帰ってきて気絶しそうになりながら書いた）。おやすみなさい。

お便りはこちらまで

〒一〇二‐八一七七
ファンタジア文庫編集部気付
四条彼方（様）宛
雪丸ぬん（様）宛

富士見ファンタジア文庫

世間知《せけんし》らずな同級生《どうきゅうせい》を、
飼《か》うことになりまして。
毎日俺《まいにちおれ》になでなでを強要《きょうよう》してきます

令和４年10月20日　初版発行

著者——四条彼方《しじょうかなた》

発行者——青柳昌行
発　行——株式会社KADOKAWA
〒102-8177
東京都千代田区富士見2-13-3
0570-002-301（ナビダイヤル）
印刷所——株式会社暁印刷
製本所——本間製本株式会社

ISBN978-4-04-074770-5 C0193　◇◇◇

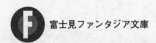

騙しあい。

各国がスパイによる戦争を繰り広げる世界。任務成功率100%、しかし性格に難ありの凄腕スパイ・クラウスは、死亡率九割を超える任務に、何故か未熟な7人の少女たちを招集するのだが――。

シリーズ
好評発売中！

ファンタジア文庫

世界最強の
“不可能任務”に挑む少女たちの
痛快スパイファンタジー！
スパイ教室
竹町
illustration
トマリ

これは世界を救う

久遠崎彩禍。三〇〇時間に一度、滅亡の危機を迎える世界を救い続けてきた最強の魔女。そして――玖珂無色に身体と力を引き継ぎ、死んでしまった初恋の少女。

無色は彩禍として誰にもバレないよう学園に通うことになるのだが……油断すると男性に戻ってしまうため、女性からのキスが必要不可欠で!?

シン世代ボーイ・ミーツ・ガール!

王様のプロポーズ 1

King Propose

橘公司
Koushi Tachibana

[イラスト]――つなこ

最強の初恋
シリーズ
好評発売中!
ファンタジア文庫

「す、好きです!」「えっ? ススキです!?」。
陰キャ気味な高校生・加島龍斗は、
スクールカースト最上位&憧れの白河月愛に
罰ゲームきっかけで告白することになった。
予想外の「え、だって今わたしフリーだし」という理由で
付き合うことになった二人だが、
龍斗はイケメンサッカー部員に告白される
月愛の後をつけて盗み聞きしてみたり、
月愛は付き合ったばかりの龍斗を
当たり前のように自室に連れ込んでみたり。
付き合う友達も遊びも、何もかも違う2人だが、
日々そのギャップに驚き、受け入れ合い、
そして心を通わせ始める。
読むときっとステキな気分になれるラブストーリー、
大好評でシリーズ展開中!

ありふれた毎日も
全てが愛おしい。

済みなキミと、
ゼロなオレが、
き合いする話。

ファンタジア文庫
何気ない一言も
キミが一緒だと
経験
経験
お付
著／長岡マキ子
イラスト／magako

学校……じろじろ見ないで
【朗報】
俺の許嫁になった地味子、
家では可愛いしかない。
秘密の結婚生活《ラブコメ》！

ファンタジア文庫
甘えていいし？
家
著者：氷高悠
イラスト：たん旦
親同士の約束で俺に嫁（3次元）ができた!?
相手は地味で目立たない同級生・綿苗結花。
「最近の推しは誰ですか!?」「遊くん…って呼んでもいい？」
趣味もピッタリ、意気投合。
しかも、慣れたら学校では想像できないほど大胆に！
彼女の素顔と、2人だけの生活は可愛さしかない!?
クラスのあの子と

#同棲 #一緒にハミガキ #カップル通り越して夫婦 #糖度300%

I'm gonna live with you not because my parents left me their debt but because I like you

佐中さん、何してんの？
家出、かな
ちょこん…
『拾ってください』って書いてあるけど
わ、わーっ、違うよっ
そんな事はしてないからね！
あわあわ
これは元々ここに置いてあったの！
拾ってください
——あ。でもわたし、
黒澤くんなら拾われてもいいかもしれない

CHARACTER

黒澤 雪人

Yukito Kurosawa

普通にこだわる高校１年生。困った人は放っておけない性格ゆえに道で濡れてるアリサを家に招待する。

佐中 アリサ

Arisa Sanaka

父はアメリカ人の映画監督で、クラスでも注目を浴びる美少女。父親と喧嘩して家出。雪人の家のメイドになる。

黒澤 聖

Hijiri Kurosawa

雪人の姉。人気漫画家で雪人の保護者的な存在。漫画の資料用にコスプレ衣装を豊富に持っている。

嶋 寧々花

Neneka Shima

雪人のクラスメイト。聖の漫画のファンで、ある日雪人の家を訪れた際、メイド姿のアリサに遭遇するが……。